古诗文中的气象魅力丛书

古诗词中气象景观赏析

王燕 李超 房小怡 等◎编著

气象出版社
China Meteorological Press

内容简介

本书着重从气象角度分析了72首古诗词中春夏秋冬、晨昏晓夜、日月星光、虹霓晕蜃、阴晴寒暖、风雨烟云和霜雾冰雪等气象景观，涵盖了古诗词和气象两方面内容，两者情景交融、相得益彰。

本书可用于气象宣传和科普以及古诗词鉴赏。

图书在版编目（CIP）数据

古诗词中气象景观赏析 / 王燕等编著. -- 北京：气象出版社, 2018.7（2020.10重印）
（古诗文中的气象魅力）
ISBN 978-7-5029-6805-2

Ⅰ.①古… Ⅱ.①王… Ⅲ.①古典诗歌—诗歌欣赏—中国②气象学—普及读物 Ⅳ.①I207.2②P4-49

中国版本图书馆CIP数据核字（2018）第162053号

古诗词中气象景观赏析

王　燕　等编著

出版发行：	气象出版社		
地　　址：	北京市海淀区中关村南大街46号	邮政编码：	100081
电　　话：	010-68407112（总编室）010-68408042（发行部）		
网　　址：	http://www.qxcbs.com	E-mail：	qxcbs@cma.gov.cn
责任编辑：	张锐锐　陈凤贵	终　　审：	吴晓鹏
责任校对：	王丽梅	责任技编：	赵相宁
封面设计：	北京守望图书公司		
印　　刷：	三河市君旺印务有限公司		
开　　本：	889 mm×1194 mm　1/32	印　　张：	5
字　　数：	100千字		
版　　次：	2018年7月第1版	印　　次：	2020年10月第2次印刷
定　　价：	28.00元		

本书如存在文字不清、漏印以及缺页、倒页、脱页等，请与本社发行部联系调换。

《古诗文中的气象魅力》丛书编委会

主 编：高迎新　王　燕　李　超　房小怡

委 员：李秋月　黄　蕾　刘　洪

《古诗词中气象景观赏析》编著人员

王　燕　李　超　房小怡　高迎新

李秋月　黄　蕾　刘　洪

序

给中国的孩子启蒙，大人洗心，没有任何文字能够超过诗。因为诗是美好的，爱美自然会好善，而美和善，不仅仅是艺术的追求，更是人生的追求。我曾经把唐诗和四季搭配在一起，写成一本书，叫《四时之诗——蒙曼品最美唐诗》，因为我觉得，中国人的情感本来和季节呼应，和生命同步。草木只能顺应春秋，而人却会伤春悲秋。人的敏感多情，恰恰就是人之为人的伟大吧。

几天前在朋友处看到《古诗词中气象景观赏析》一书的草稿，觉得十分有趣。原来，在大众心目中严肃的科研工作者，竟也有和我同样的爱好，竟把气象和诗词联系在了一起。她能从"黑云翻墨未遮山，白雨跳珠乱入船"中既看到气象信息，又看到活泼的诗意；也能从"北风卷地白草折，胡天八月即飞雪"中抓住扑面而来的风雪，同时体味到江山的辽阔和诗人瑰丽而神奇的心灵。

　　我想，一位如此年轻的女性气象工作者能够这样兼顾古典和当代，科学和人文，是一件多么美好的事情呀。我衷心期待她能够再挖掘更多的气象知识、科普给我们，让我们在品读诗情画意的同时增长出一些科学素养，也能多长几个认识世界的角度。我也衷心希望这本融汇了古诗词的气象科普作品能够像杜甫笔下的春雨一样，"随风潜入夜，润物细无声"，让气象知识和人文情怀交相辉映，共同滋养着我们的眼界与心灵。

中央民族大学教授
著名文化学者 蒙曼[*]
2018年7月9日

---

[*] 蒙曼，著名文化学者、中央民族大学教授。

前言

古诗词是我国古代传统文化的精粹和精髓,历来为人们所喜爱。诗词有一定的节奏韵律,吟诵起来朗朗上口,很容易被人们记住;诗词富有的美感和内涵又能够引起人们的联想和共鸣。所以,诗词一直以来深受大众青睐。

古代诗人或者词人常常借助天气现象、气候、气象景观的描写,或抒发赞美大自然之情、或抒发作者自己的心境和政治抱负;同时,在某种条件下,季节的更替、风云的变化、雨雪的飘落和天气的阴晴冷热也能触发或促使各种不同情感的产生,令作者创作出具有丰富而又深刻含义的诗词。我们可以借助古人的才华和杰作,利用广大群众对诗词的喜爱和兴趣,通过解析这些诗词中大量的诸如天气现象、气候、气象景观等，将深奥复杂的气象科学知识转化为通俗易懂的气象科普知识，让广大群众看得懂、说得清、讲得明。这种以古诗词为载体、以古诗词中气象景观解析为内容的科普形式，更能够吸引广大群众的关注和参与，更能够有效发挥气象科普宣传作用，对提高民众的气象知识水平、增强防灾意识和抗灾能力具有重要意义。

　　本书搜集了与气象景观相关的72首古诗词。每首古诗词都从诗词原文、作者简介、创作背景、诗词释义和气象景观等五个方面进行分析。书中还配了王燕的手绘插图。内容共分为七个部分。第一部分是春夏秋冬，通过几首古诗词，展示了诗人们对春夏秋冬不同景色的感受和赞赏，解读了春夏秋冬四季景观。第二部分是晨昏晓夜，解读了昼夜交替所产生的不同的自然景观。第三部分是日月星光，解读了与天气、气候、季节、地理环境等密切联系的日出、日落、星光、月满月缺变化等景观。第四部分是虹霓晕蜃，解读了大气中发生的几种气象光学景观。第五部分是阴晴寒暖，解读了天气的阴晴变化和季节的寒来暑往。第六部分是风雨烟云，解读了大气中风、雨、云等自然气象景观。第七部分是霜雾冰雪，解读了大气中的水分在不同条件下形成的霜、雾、雪等气象景观。

  本书的创作和出版得到了领导、同事和朋友们的大力支持、关心和帮助。在此，表示衷心感谢！

  由于我们水平有限，经验不足，书中难免出现错误或遗漏，请读者朋友提出宝贵意见。

作者

2017年12月

序

前言

目录

第一部分·春夏秋冬 | 1

一·春季 | 3
春雪 | 3
钱塘湖春行 | 6
春日 | 8
黄鹤楼送孟浩然之广陵 | 9
早春呈水部张十八员外 | 11
蝶恋花·春景 | 12

二·夏季 | 15
晓出净慈寺送林子方 | 15
山亭夏日 | 17
暑旱苦热 | 18

三·秋季 | 21
秋词二首（其一） | 21
天净沙·秋思 | 24
苏幕遮 | 25
赠刘景文 | 27

四·冬季 | 29
白雪歌送武判官归京 | 29
别董大 | 32

第二部分·晨昏晓夜 | 35

一·晨 | 36

商山早行 | 36

早发白帝城 | 38

二·昏 | 40

暮江吟 | 40

三·夜 | 42

宿业师山房待丁大不至 | 42

第三部分·日月星光 | 45

一·日出 | 46

忆江南 | 46

望庐山瀑布 | 48

二·日落 | 50

登乐游原 | 50

使至塞上 | 52

登鹳雀楼 | 54

三·月 | 56

马诗二十三首（其五）| 56

静夜思 | 58

四·星 | 60

鹊桥仙·纤云弄巧 | 60

夜宿山寺 | 62

第四部分·虹霓晕霞 | 63

一·虹 | 64
念奴娇·断虹霁雨 | 64

二·霓 | 67
水调歌头·游览 | 67

三·晕 | 69
横江词（六首其六）| 69

四·霞 | 71
渡荆门送别 | 71

第五部分·阴晴寒暖 | 73

一·阴天 | 74
醉花阴·薄雾浓云愁永昼 | 74

二·晴天 | 76
湖上 | 76
早兴 | 77

三·寒 | 79
水调歌头 | 79
大林寺桃花 | 81

四·暖 | 83
惠崇春江晚景（其一）| 83
秋怀·园丁傍架摘黄瓜 | 85

第六部分·风雨烟云 | 87

一·风 | 88

江畔独步寻花（其五） | 88
大风歌 | 90
襄邑道中 | 92
村居 | 93
凉州词 | 95
龙挂 | 97

二·雨 | 99

清明 | 99
台城 | 101
渔歌子 | 102
江南春绝句 | 103
春夜喜雨 | 105
约客 | 106
青玉案 | 108
三衢道中 | 109
竹枝词 | 111
登柳州城楼寄漳汀封连四州刺史 | 113
六月二十七日望湖楼醉书 | 115
溪上遇雨二首 | 116
夜雨寄北 | 118

三·云 | 120

云 | 120
寻隐者不遇 | 122
雁门太守行 | 123
孤雁 | 125

第七部分·霜雾冰雪 | **127**

一·霜 | **128**
枫桥夜泊 | 128
秋词二首（其二） | 130
山行 | 132

二·雾 | **134**
踏莎行·郴州旅舍 | 134
花非花 | 136
登黄鹤楼 | 137

三·冰雪 | **139**
对雪 | 139
绝句 | 140
夜雪 | 142
江雪 | 143

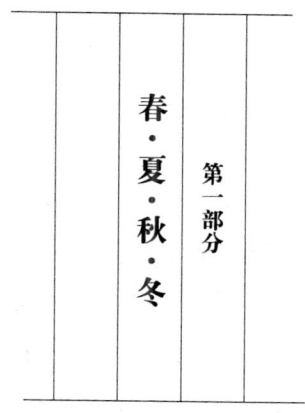

第一部分
春·夏·秋·冬

我们生活的地球就像陀螺一样，不断地旋转，同时又绕太阳旋转。地球这个陀螺不像生活中的陀螺垂直于地面旋转，它的转轴与黄道面（地球绕太阳旋转的轨道面）成66.5°的交角。因而，一年之中某地接收到的太阳辐射会有规律地变化，从而形成了春夏秋冬、寒来暑往。

四季划分有多种方法。天文学上以地球在环绕太阳运转轨道位置分别对应春分、夏至、秋分、冬至作为四季的标记；我国古籍上多用立春、立夏、立秋、立冬作为四季的开端；民间又习惯以农历正月至三月为春季，四月至六月为夏季，七月至九月为秋季，十月至腊月为冬季；而气象学上常以阳历3~5月为春季，6~8月为夏季，9~11月为秋季，12月~次年2月为冬季。

事实上，由于我国幅员辽阔，地形复杂，各地气候千差万别，当南方各地已是万紫千红、春色满园之际，北方各地还是白雪皑皑、冰天雪地之时，显然，用上面提到的几种划分四季的方法并不能确切地反映各地的实际情况，因此，我国在气候学上又通常应用候（5天，一个旬为两个候）平均气温来确定四季转换，即候平均气温高于22 ℃作为夏季的开始，低于10 ℃作为冬季的降临，介于两者之间，天气不冷不热的时候作为春秋两季（上半年为春季，下半年为秋季）。一年四季，岁序更替。四季有情，诗人有意。

春季是一年四季的第一季,是万物复苏的季节。春天气候温暖适中,中国内陆大部分地区有降雨,万物生机萌发,气候多变,乍暖还寒。

虽然到了春天,但是北方大部分地区仍然很冷,依旧是"白雪却嫌春色晚,故穿庭树作飞花"的景象。

春 雪

新年都未有芳华,二月初惊见草芽。
白雪却嫌春色晚,故穿庭树作飞花。

【作者简介】

韩愈(768~824年),字退之,号昌黎,世称韩昌黎,谥号文公,又称韩文公,河南河阳(今河南省孟州市)人。唐代杰出的文学家、思想家、哲学家、政治家、诗人,"唐宋八大家"之首。著有《韩昌黎集》四十卷、《外集》十卷、《师说》等。韩愈的文采与文学造诣备受古今之人推崇，他的诗歌作品可与唐代诗圣杜甫的作品相提并论，具有气势宏伟、想象奇特的艺术特点。韩愈的诗歌内容丰富，有的反映时事，有的抒写政治失意和个人遭遇，都很有特色。代表作有《汴州乱》《八月十五夜赠张功曹》《山石》《早春呈水部张十八员外》《春雪》等。韩愈在创作诗歌时经常根据内心要表达的情感而大量运用比喻手法来增强诗歌的艺术鲜明感和感染力，将无情的景物通过比喻赋予其和人一样的感情色彩，使无情景物成为有情状态，从而令诗歌产生源源不断、耐人寻味的效果。《春雪》即是这一方面的杰作。《早春呈水部张十八员外》也写得清新而富于神韵。

【创作背景】

这首诗创作于元和十年（815年），当时韩愈在朝任中书舍人一职，负责起草诏令。对于北方人来说，新年无芳华是正常的，但到过岭南的韩愈却觉得北方春天来得晚，直到二月才有草芽长出来，作者便创作了此诗，与岑参的《白雪歌》有异曲同工之妙。

【诗词释义】

新年已经来到，却看不到芬芳的鲜花，直到二月，才惊喜地发现小草冒出了新芽。白雪也嫌春天来晚了，所以，故意像花儿一样在庭院树间穿飞。

【气象景观】

"新年"即农历正月初一。立春在公历每年2月

3～5日。为了更好地掌握季节的变化，指导农事活动，我们的祖先根据太阳的运行位置，将每个季节分成六个节气，又将每个节气细分成了三候（五天为一候），这样便有了"二十四节气"和"七十二候"。

人们常说"一日之际在于晨，一年之际在于春"。立春便是二十四节气中的第一个节气。"立"是开始的意思，"春"即春天，立春代表着春天的开始。中国传统上将立春的十五天分为三候：一候东风解冻，二候蛰虫始振，三候鱼陟负冰。意思是东风送暖，大地开始解冻。立春五日后，蛰居的虫类慢慢在洞中苏醒，再过五日，河里的冰开始融化，鱼开始到水面上游动，此时水面上还有没完全融解的碎冰片，如同被鱼负着一般浮在水面。

"白雪却嫌春色晚，故穿庭树作飞花"的景象。正是我国南北气候差异的体现。我国国土辽阔，从南到北有热带、亚热带、暖温带、温带、寒温带等几种不同的气候带。其中亚热带、暖温带、温带约占70.5%，南部的雷州半岛、海南省、台湾省和云南省南部各地，全年无冬，四季高温多雨。长江和黄河中下游地区，四季分明。北部的黑龙江省等地区，冬季严寒多雪。广大西北地区，降水稀少、气候干燥、冬冷夏热、气温变化显著。西南部的高山峡谷地区，随着海拔高度的上升，呈现出从湿热到高寒的多种不同气候。此外，中国还有高山气候、高原气候、盆地气候、森林气候、草原气候和荒漠气候等多种气候。

钱塘湖春行

孤山寺北贾亭西,水面初平云脚低。

几处早莺争暖树,谁家新燕啄春泥。

乱花渐欲迷人眼,浅草才能没马蹄。

最爱湖东行不足,绿杨阴里白沙堤。

【作者简介】

白居易(772~846年),字乐天,号香山居士,又号醉吟先生,祖籍太原(今属山西省)。唐代三大诗人(李白、杜甫、白居易)之一。有《白氏长庆集》传世,代表诗作有《长恨歌》《卖炭翁》《琵琶行》等。白居易在文学上积极倡导新乐府运动,他的散文在当时就享有很高的声誉。白居易是唐代伟大的现实主义诗人,写了不少感叹时世、反映人民疾苦的诗篇。他的诗歌平易浅近,他将白话融入诗中,甚至连乡下的老婆婆都能懂,被誉为第一"白话诗人"。

【创作背景】

唐穆宗长庆二年(822年)七月,白居易被任命为杭州刺史。唐敬宗宝历元年(825年)三月又出任苏州刺史。这首诗是在长庆三、四年(823、824年)的春天,作者游览西湖时所作。

【诗词释义】

行至孤山寺北,贾公亭西,暂且歇脚,举目远眺,看见湖水和堤岸齐平，白云和湖面上的波澜连成一片。几只早来的黄莺，争先恐后地飞到向阳的树枝上去，那是谁家的燕子哟，为筑新巢衔来春泥？鲜花缤纷，使人眼花缭乱，浅浅的青草，刚刚遮没马蹄。最喜爱这湖东景色，杨柳成排、绿荫中穿过一条白沙堤，令人流连忘返。

【气象景观】

我国古代将雨水分为三候：一候獭祭鱼，二候鸿雁来，三候草木萌动。在此节气，水獭开始捕鱼了，将鱼摆在岸边如同先祭后食的样子；五天过后，大雁开始从南方飞回北方；再过五天，在"润物细无声"的春雨中，草木随地中阳气的上腾而开始抽出嫩芽。从此，大地渐渐开始呈现出一派欣欣向荣的景象。

春　日

胜日寻芳泗水滨，无边光景一时新。
等闲识得东风面，万紫千红总是春。

【作者简介】

朱熹（1130年9月15日～1200年4月23日），字元晦，又字仲晦，号晦庵、晦翁，世称朱文公。祖籍江南东路徽州府婺源县（今江西省婺源市）。他是南宋著名教育家、哲学家。他学识广博，在经、史、文学等方面颇有成就，曾任秘阁修撰等职。他秉承程颢、程颐的理学思想，建立了完整的客观唯心主义理学体系。他的诗大多是为了阐述哲理，哲理和形象结合得比较成功。朱熹著述甚多，有《四书章句集注》《太极图说解》《通书解说》《周易读本》《楚辞集注》，后人辑有《朱子大全》《朱子集语象》等，其中《四书章句集注》成为钦定的教科书和科举考试的标准。

【创作背景】

这首诗看似是朱熹春游时的游春感想，但根据作者生活的年代可知这首诗创作之时泗水之地早已被金人占领。这首诗表面上描绘了春日的美好景致，实则是一首哲理诗，表达了诗人于乱世中追求圣人之道的美好愿望。

【诗词释义】

晴朗的春天在泗水边踏青，无边无际的风光焕然一新。人们很容易就能看出春天的面貌，因为春风吹得百花开放、万紫千红,到处都是春天的景致。

【气象景观】

在春季,地球的北半球开始倾向太阳,受到越来越多的太阳光直射,因而气温开始升高。随着冰雪消融,河流水位上涨,春季植物开始发芽生长,许多鲜花开放。

黄鹤楼送孟浩然之广陵

故人西辞黄鹤楼,烟花三月下扬州。
孤帆远影碧空尽,唯见长江天际流。

【作者简介】

李白(701~762年),字太白,号青莲居士,又号"谪仙人",唐朝伟大的浪漫主义诗人,被后人誉为"诗仙"。李白存世诗文千余篇,有《李太白集》传世。代表作有《将进酒》《蜀道难》《梦游天姥吟留别》《静夜思》《望庐山瀑布》《侠客行》《春思》《秋歌》等。他的作品被广泛传颂，其诗歌折射出了李白的人生轨迹，传达了他的情感体验并蕴含了丰富的思想经验内容。具体说，他的诗歌体现了极强的个人性，主观情怀强烈，思维跳跃大。李白经历了政治挫折，所以他愤世嫉俗，以饮酒作诗为乐趣，成了中国古诗歌史上最伟大的古典诗人之一。他的作品在我国唐宋时期引起重大影响。文本中张扬了强烈的浪慢主义情怀，创造力惊人，写作手法不拘一格，有非常强烈的渲染力。

【创作背景】

唐玄宗开元十五年（727年），李白二十七岁，东游至湖北安陆，期间结识了长他十二岁的孟浩然。孟浩然对李白非常赞赏，两人很快成了挚友。开元十八年（730年）三月，李白得知孟浩然要去广陵（今江苏扬州），便托人带信，约孟浩然在江夏（今武汉市武昌区）相会。几天后，李白亲自到江边送孟浩然乘船东下，离别时写下了这首诗。

【诗词释义】

老朋友在黄鹤楼向我挥手告别，在这柳絮如烟、繁花似锦的阳春三月去扬州。一叶孤舟渐渐远去，消失在碧蓝的天际，只看见滔滔江水流向天边。

【气象景观】

"三月"的扬州正是春光明媚、百花争艳的季节。诗人用"烟花"修饰"三月"，正传神地写出了烟雾迷蒙、繁花似锦的阳春特色。

早春呈水部张十八员外

天街小雨润如酥,草色遥看近却无。
最是一年春好处,绝胜烟柳满皇都。

【作者简介】

韩愈(详见第3页)。

【创作背景】

这首诗作于长庆三年(823年)早春。当时韩愈56岁,任吏部侍郎(他一生所做最大的官)。某天,韩愈约好友张籍(张籍在兄弟辈中排行十八,故称"张十八")游春,张籍因事繁忙推辞,韩愈于是作这首诗寄赠,极言早春景色之美,希望触发张籍的游兴。

【诗词释义】

京城街道上的小雨像酥油一样滋润,远远望去,朦朦胧胧,仿佛有一片很淡很淡的青色,走近一看却显得稀疏零星。但我认为这是一年中最美好的季节,它远远胜过满城处处是烟柳的暮春景色。

【气象景观】

雨水是24节气中的第2个节气,在每年的正月十五前后(阳历2月18~20日)。这个时节正值气温回升、冰雪融化、降水增多,故取名为雨水。雨水和谷雨、小雪、大雪一样,都是反映降水现象的节气。雨水节气前后，万物开始萌动，春天就要到了。

蝶恋花·春景

花褪残红青杏小。燕子飞时，绿水人家绕。
枝上柳绵吹又少。天涯何处无芳草！
墙里秋千墙外道。墙外行人，墙里佳人笑。
笑渐不闻声渐悄。多情却被无情恼。

【作者简介】

苏轼（1037～1101年），字子瞻，又字和仲，号东坡居士，汉族，眉州眉山（今属四川省眉山市）人。北宋著名的文学家、"唐宋八大家"之一。他在诗、文、词、书、画诸领域都有杰出成就。他的父亲苏洵、弟弟苏辙皆以文学名世，世称"三苏"。苏轼的诗现存两千七百余首，他的诗语言清丽俊美，风格飘逸奔放；他的词豪迈奔放，开创了豪放放派词风。著有《东坡全集》一百十五卷、《东坡乐》三卷。名作有《念奴娇》《水调歌头》等。

【创作背景】

苏轼一生仕途坎坷,依据《全宋词》所载顺序,此诗应该是苏轼被贬任密州(今山东省诸城市)太守时所作。作者通过对残红退尽、春意阑珊的暮春景色的描写和远行途中失意心境的描绘,表达出他对时光流逝的惋惜、宦海沉浮的悲叹和浮生颠沛的无可奈何。

【诗词释义】

杏花刚刚凋谢,青色的小杏正在成形。不时有燕子飞过天空,清澈的河流围绕着村落人家。眼看着柳枝上的柳絮被吹得越来越少,但请不要担心,到处都可以看见茂盛的芳草。围墙里面有一位少女正在荡秋千,墙外的行人经过,听见少女发出动听的笑声。慢慢地,围墙里边的笑声就听不见了,行人惘然若失,仿佛多情的自己被无情的少女所伤害。

【气象景观】

"花褪残红青杏小"描写的是暮春景象,意思为:暮春时节,杏花凋零枯萎,枝头只挂着又小又青的杏子。"燕子飞时,绿水人家绕"又描绘了一幅美丽而生动的春天画面。燕子在空中飞来飞去,绿水环绕着一户人家。

我国古代以五日为一候,三候为一个节气。每年冬去春来,从小寒到谷雨这8个节气里共有24候,每候都有某种花卉绽蕾开放,于是便有了"24番花信风"之说。"24番花信

风"又称"24风"。"花信风"即"应花期而来的风"。顺序为:

小寒:一候梅花、二候山茶、三候水仙;
大寒:一候瑞香、二候兰花、三候山矾;
立春:一候迎春、二候樱桃、三候望春;
雨水:一候菜花、二候杏花、三候李花;
惊蛰:一候桃花、二候棣棠、三候蔷薇;
春分:一候海棠、二候梨花、三候木兰;
清明:一候桐花、二候麦花、三候柳花;
谷雨:一候牡丹、二候荼蘼、三候楝花。

从这一记载中可以看出,在一年花信风中梅花最先,楝花最后。到了谷雨前后,就百花盛开,万紫千红,四处飘香,春满大地。经过24番花信风之后,以立夏为起点的夏季便来临了。

夏季是一年当中气温最高的时期,这其中既有内陆地区的干燥酷热,又有沿海地区的潮湿闷热。但夏季的天气绝不是能用一个热字可以概括的。夏季也是一年中天气变化最剧烈、最复杂的时期。我国大部分地区的降雨主要集中在夏季,各种灾害性天气,例如雷电、冰雹、雷雨大风、洪涝、干旱、台风等也都多发生于此时。

荷花是这个时节的宠儿,其出污泥而不染之品格一直为世人所称颂。"接天莲叶无穷碧,映日荷花别样红"就是对荷花之美的真实写照。

晓出净慈寺送林子方

毕竟西湖六月中,风光不与四时同。

接天莲叶无穷碧,映日荷花别样红。

【作者简介】

杨万里(1127~1206年),字廷秀,号诚斋,吉州吉水(今江西省吉水县黄桥镇湴塘村)人,南宋著名文学家、爱国诗人,与陆游、尤袤、范成大并称"南宋四大家"(又称"中兴四大诗人")。绍兴二十四年(1154年)进士。孝宗初,知奉新县,历大常博士、大学侍读等。光宗即位,召为秘书监。他主张抗金。杨万里一生作诗两万多首,有《诚斋集》。传世作品有四千二百首,被誉为一代诗宗。其诗师法自然,自成一家,时号"诚斋体"。以写景咏物见长,想象丰富,意境新颖,语言清新、浅近。

【创作背景】

林子方是杨万里的下级兼好友,志同道合的他们视对方为知己。两人经常聚在一起畅谈强国主张、抗金建议,切磋诗词文艺。后来,林子方被调离皇帝身边,赴福州任知福州。林子方很高兴,以为是仕途升迁。杨万里则不这么认为,送林子方去福州时,写下此诗,劝告林子方不要去。

【诗词释义】

到底是六月里的西湖,风光景色和其他时节的不一样:那密密层层的荷叶铺展开去,与蓝天相连接,一片无边无际的青翠碧绿;那亭亭玉立的荷花绽蕾盛开,在阳光辉映下,显得格外的鲜艳娇红。

【气象景观】

夏至是二十四节气之一,在每年阳历6月21日或22日。我国古代将夏至分为三候:一候鹿角解,二候蝉始鸣,三候半夏生。半夏是一种喜阴的药草,因在仲夏的沼泽地或水田中生长所以得名。由此可见,在炎热的仲夏,一些喜阴的生物开始出现。夏至到,荷花开。

山亭夏日

绿树阴浓夏日长,楼台倒影入池塘。
水精帘动微风起,满架蔷薇一院香。

【作者简介】

高骈(821~887年),字千里,幽州(今北京市西南)人。晚唐诗人、名将、军事家,南平郡王高崇文之孙。高骈出生于禁军世家,历任右神策军都虞候、秦州刺史、安南都护等。高骈年少时为人严谨,研习兵书。他又喜好文学,常与士人交往,谈论治道之理。晚年昏庸,笃信神仙之术。高骈能诗,计有功称"雅有奇藻"。他身为武人,而好文学,被称为"落雕侍御"。著有《全唐诗》编诗一卷。

【创作背景】

这首诗是高骈在山间庭院休憩时站立在山亭上所描绘的夏日风光,用近似绘画的手法:绿树阴浓,楼台倒影,池塘水波,满架蔷薇,构成了一幅色彩鲜丽、情调清和的图画。我们仿佛看到了那个亭子和那位悠闲自在的诗人。

【诗词释义】

绿树郁郁葱葱树荫稠密,夏天白昼漫长。楼台的倒影映入池塘。微风轻拂,水波荡漾,好像水晶帘幕轻轻摆动。满架的蔷薇花让院中弥漫着阵阵清香。

【气象景观】

我国位于北半球，当季节处于北半球的夏季，地轴倾斜于黄道平面（地轴与黄道平面交角大约66.5°），太阳直射北回归线。达到全年最长日照时间。此时，北半球的白昼达最长，且越往北越长。

炎炎夏日，各类生物已经恢复生机，大都开始了旺盛的生命活动。植物竞相开花结果。蔷薇盛开，满枝灿烂，也是引人注目的景观。

暑旱苦热

清风无力屠得热，落日着翅飞上山。
人固已惧江海竭，天岂不惜河汉干？
昆仑之高有积雪，蓬莱之远常遗寒。
不能手提天下往，何忍身去游其间？

【作者简介】

王令（1032～1059年），初字钟美，后改字逢原，原籍元城（今河北省大名县），北宋诗人。五岁丧父母，随其叔祖王乙居广陵（今江苏省扬州市）。长大后在天长、高邮等地以教学为生，有治国安民之志。王令是一位颇有才华的青年诗人，他仅有短暂的十年创作时间，却写出了七十多篇散文和四百八十多首诗。他的诗大多是与友人的酬答唱和之作，主要叙述了自己的生平、志向与人生态度，为温饱而四处奔波的苦难生活。王安石对其文章和为人皆甚推崇，有《广陵先生文章》《十七史蒙求》之作。

【创作背景】

"昆仑"是中国西部的高山，山上有终年不化的积雪；"蓬莱"是古代传说中渤海三座神山之一。这些都是诗人心目中无暑旱酷热之苦的清凉世界。诗人由"暑旱苦热"想到昆仑、蓬莱等现实与传说中的清凉世界，这是极其自然的。如此清凉世界对饱尝暑旱酷热之苦的诗人产生的吸引力之大也是可想而知的，但诗人仍不忍心舍弃天下，独自一人前往，表达了诗人有着愿与天下共苦难的豪情和博大的胸襟。

【诗词释义】

凉爽的风对驱除这炎夏的酷热显得无能为力，太阳仿佛长出翅膀飞上山，迟迟不肯落下。人们个个担心这样干旱江湖大海都要枯竭，难道老天就不怕这浩瀚的银河被晒干？昆仑山上有终年不化的积雪,蓬莱山也是无暑旱酷热之苦的清凉世界。若不能与天下人一同前往,我又怎忍心去那清凉世界独自享受呢?

【**气象景观**】

"清风"——凉爽的风对驱暑显得无能为力,是指清风小而无力驱暑,用"清风无力"来衬托暑旱之甚,酷热难当。给读者描绘了一个夏季酷暑难当的画面:时值酷暑,大旱不雨,小河干涸,土地龟裂,禾苗枯萎,而太阳又偏偏不肯下山,炎气蒸腾,热得人们坐立不安。

暑旱苦热,多发生于盛夏三伏天,以长江中下游地区最为显著。那时天气晴朗,骄阳似火,地面热量积累增多,再加上水田密布,沟渠纵横,烈日下蒸发强,空气湿度大增。在高湿热的天气下,人体出汗以后,汗水不易蒸发,汗腺散热作用降低,因而,会感到闷热难受。

进入秋季,北方冷空气不断侵入,但势力不是很强,常在我国北方形成秋高气爽的天气,华西常有绵绵秋雨出现。秋季的气温会逐渐下降,但是一般较冬季偏高。由于干湿状况的差异,不同地区会出现阴冷多雨或干燥凉爽的气象状况。秋季的主要气象灾害有:华西秋雨、南方寒露风、霜冻及低温冷害。

秋天是最容易引发诗人无穷诗意的季节,色彩斑斓的词汇在秋日诞生,源源不断的灵感孕于秋季。秋天,是抒怀的季节,秋景萋萋,游子思乡,成为主唱。然而刘禹锡的"自古逢秋悲寂寥,我言秋日胜春朝"却另辟蹊径,一反常调,断然否定了前人悲秋的观念,唱出一种激越向上的诗情。

秋词二首(其一)

自古逢秋悲寂寥,我言秋日胜春朝。
晴空一鹤排云上,便引诗情到碧霄。

【作者简介】

刘禹锡（772~842年），字梦得，洛阳（今河南省洛阳市）人，唐朝文学家、哲学家，有"诗豪"之称。刘禹锡诗文俱佳，涉猎题材广泛，与柳宗元并称"刘柳"，与韦应物、白居易合称"三杰"，与白居易合称"刘白"。曾任监察御史，参与王叔文"永贞革新"，革新失败后，被贬为郎州司马，后又被任命为江州（今江西九江）刺史，在那里创作了大量的《竹枝词》。刘禹锡诗作现存八百余首，有《陋室铭》《竹枝词》《杨柳枝词》《乌衣巷》等名篇，哲学著作《天论》三篇，《刘梦得文集》，存世有《刘宾客集》。

【创作背景】

公元805年（永贞元年），刘禹锡参加了顺宗任用王叔文改革朝政的革新运动，但革新遭到宦官、藩镇、官僚势力的强烈反对，以失败告终。顺宗被迫退位，王叔文被赐死，刘禹锡被贬。由于他求异心理很强，做事独特，在遭受严重打击后，并没有消沉下去。这首诗就是他被贬郎州时所写。

【诗词释义】

自古以来，每到秋天人们就会感到悲凉寂寥，我却认为秋天要胜过春天。万里晴空，一只鹤凌云飞起，就能引发我的诗兴到了蓝天上了。

【气象景观】

秋，在大自然中，扮演的永远是一个悲怀的角色，首句即明确指出自古以来，人们每逢到了秋天就感叹秋天的寂寞萧索。然而刘禹锡的《秋词》，却另辟蹊径，一反常调，它以其最大的热情讴歌了秋天的美好。"晴空一鹤排云上，便引诗情到碧霄"抓住了秋天"一鹤凌云"，这一别致景观的描绘，展现的是秋高气爽开阔景象。

秋天的天气秋高气爽的原因有两个。

一是经过夏天雨季的洗礼之后，秋天的大气在四季中最为纯净，空气最为清新。我国许多地区雨季在夏季，大量的降水清洗了天空，使大气中的尘埃杂质微粒大为减少，从而减少了穿过大气时光能的散失，使大气透明度大大提高。根据瑞利定律，被散射的光波波长与微粒的大小有关，由于尘埃等较粗的微粒及小水滴的减少，致使散射较长波长的光的能力变小，相对而言也就使天空中波长较短的蓝紫光的比例明显增多，故而天空更蓝、更高远。

二是进入秋季后，除华西、华南以外，各地区雨季基本结束。北方冷空气势力加强，一次次南侵的干冷气流迫使夏季一直回旋在我国上空的暖湿空气向南退去，天空中的云减少了。与此同时，我国地面主要受冷高压的控制，地面热低压逐渐消失。而高空西太平洋副热带高压的南撤一般缓于地面高压系统南移，使高低空同受高气压控制，下沉气流盛行，湿度较低气流下沉时增温，不仅不利于云雨的形成，而且大气中的尘埃也被下沉气流带了下来，正所谓秋高气爽、天朗气清。

天净沙·秋思

枯藤老树昏鸦，小桥流水人家，古道西风瘦马。

夕阳西下，断肠人在天涯。

【作者简介】

马致远（1250～1321年），字千里，号东篱（一说字致远，晚号"东篱"），汉族，大都（今北京市）人（另一说马致远是河北省东光县马祠堂村人），元代著名大戏曲家、散曲家、杂剧家。与关汉卿、郑光祖、白朴并称"元曲四大家"。早年热衷功名，未得志，晚年退隐山林，寄情诗酒。散曲多写幽栖生活、恬淡情趣和自然景物，有较高的艺术造诣。著有杂剧十五种，今存《汉宫秋》等七种。散曲有今人辑本《东篱乐府》。

【创作背景】

马致远年轻时热衷功名，但由于元朝统治者实行民族高压政策，因而一直未能得志，他的一生几乎都在漂泊无定、困窘潦倒中渡过。这首诗就写于羁旅途中。

【诗词释义】

黄昏时分，一群乌鸦落在枯藤缠绕的老树上，小桥下流水哗哗作响，小桥边人家炊烟袅袅。古道上一匹瘦马，顶着西风艰难地前行。夕阳从西边渐渐落下，只有孤独的旅人漂泊在遥远的地方。

【气象景观】

　　这首小令被赞为秋思之祖,用五句二十八个字描绘出一幅凄凉动人的秋郊夕照图,并且准确地传达出旅人凄苦的心境,"枯""老""昏""瘦"等最能体现秋季凄凉萧条的景色。

　　西风即指寒冷、萧瑟的秋风。在古诗词中,东风、西风、南风、北风,是比喻有季节的标签。这是由我国的季风性气候所造成的。不同季节有不同的风,诗词里的风简单地对应为:东风——春风,西风——秋风,北风——冬天寒风,南风往往指暖春和夏季的风。

苏幕遮

碧云天,黄叶地。秋色连波,波上寒烟翠。
山映斜阳天接水。芳草无情,更在斜阳外。
黯乡魂,追旅思。夜夜除非,好梦留人睡。
明月楼高休独倚。酒入愁肠,化作相思泪。

【作者简介】

范仲淹（989～1052年），字希文，汉族，祖籍邠州（今陕西省彬县），北宋著名的政治家、思想家、军事家、文学家，世称"范文正公"。他为人忠直，极言敢谏，曾任参知政事，提出了改革政治的十项主张，这就是后人所称的"庆历新政"。一生论著很多，诗、词、散文都很出色，写有著名的《岳阳楼记》，其中"先天下之忧而忧，后天下之乐而乐"为千古名句。《渔家傲》《苏幕遮》苍凉豪放、感情强烈，为历代传诵。有《范文正公集》传世。

【创作背景】

这首词作于宋仁宗康定元年（1040年）至庆历三年（1043年）间，当时范仲淹正在西北边塞的军中任陕西四路宣抚使，主持防御西夏的军事工作。作者写此词来表达秋寒肃飒之际边关防务前线的将士们思亲念乡之情。

【诗词释义】

碧云飘悠的蓝天，黄叶纷飞的大地，秋景连接着江中水波，波上弥漫着苍翠寒烟。群山映着斜阳，蓝天连着江水。岸边的芳草不谙人情，一直延绵到夕阳照不到的天边。

默默思念故乡黯然神伤，缠人的羁旅愁思难以排遣，除非夜夜都做好梦才能得到片刻安慰。不想在明月夜独倚高楼望远，只有频频地将苦酒灌入愁肠，化作相思的眼泪。

【气象景观】

"碧云天，黄叶地"勾勒出秋天高远苍凉、满地金黄的全景。"秋色连波,波上寒烟翠"描写了江波之上,笼罩着一层翠色的寒烟。"寒"字突出了这翠色的烟霭给与人的秋意感受。这两句境界悠远,与前两句高广的境界互相配合,构成一幅极为辽阔而多彩的秋色图。

我国古代将霜降分为三候:一候豺乃祭兽,二候草木黄落,三候蛰虫咸俯。秋季是收获的季节,很多植物在秋季成熟。随着气温的下降,许多落叶多年生植物的叶子会渐渐变色、枯萎、飘落,只留下枝干度过冬天。而一年生的草本植物将会步入它们生命的终结,整个枯萎至死去。

赠刘景文

荷尽已无擎雨盖,菊残犹有傲霜枝。
一年好景君须记,最是橙黄橘绿时。

【作者简介】

苏轼（详见第12页）。

【创作背景】

这首诗作于元祐五年（1090年）初冬，当时苏轼正在杭州任职，正好刘景文（任两浙兵马都监）也在，苏轼视刘景文为国士，两人交往很深。刘景文当时已经58岁了，难免有迟暮之感，苏轼赠此诗以勉励之。

【诗词释义】

荷花凋谢了，连擎雨的荷叶也枯萎了，只有那开败了菊花的枝头还在傲寒斗霜。一年中最好的景致请你一定要记住，那就是在橙子金黄、橘子青绿的时节啊。

【气象景观】

"荷尽已无擎雨盖，菊残犹有傲霜枝"中"荷尽""菊残"描绘出秋末冬初的萧瑟景象。在较冷的深秋，由于昼夜温差大，白天蒸腾的水汽会在夜间凝结为霜。"橙黄橘绿时"是指橙子发黄、橘子将黄犹绿的时候，也指农历秋末冬初。

四·冬季

冬天，是静寂的季节，更是雪的世界，冷寂肃穆中常有奇景出现。岑参的"忽如一夜春风来，千树万树梨花开"以春花喻冬雪，堪称咏雪奇句。

白雪歌送武判官归京

北风卷地白草折，胡天八月即飞雪。
忽如一夜春风来，千树万树梨花开。
散入珠帘湿罗幕，狐裘不暖锦衾薄。
将军角弓不得控，都护铁衣冷难着。
瀚海阑干百丈冰，愁云惨淡万里凝。
中军置酒饮归客，胡琴琵琶与羌笛。
纷纷暮雪下辕门，风掣红旗冻不翻。
轮台东门送君去，去时雪满天山路。
山回路转不见君，雪上空留马行处。

【作者简介】

岑参（约715～770年），原籍南阳（今属河南省新野县），后徙居荆州江陵（今湖北省江陵县），唐代著名边塞诗人。岑参的诗歌，形式多样，他最擅长七言歌行；题材广泛，除一般感叹身世、赠答朋友的诗作外，还有一些山水诗。岑参的主要成就是边塞诗的创作。六年边塞生活，使岑参的诗境界空前开阔，雄奇瑰丽的浪漫色彩成为他边塞诗的主要风格。他对边疆景色予以生动夸张的艺术描绘，火山云、天山雪、热海蒸腾、瀚海奇寒、狂风卷石、黄沙入天等异域风光，都成了他创作的对象。代表作有《白雪歌送武判官归京》《走马川行奉送出师西征》《玉门盖将军歌》等。著有作品《岑嘉州集》，存诗三百六十首。

【创作背景】

唐玄宗天宝十三载（754年）至唐肃宗至德二载（757年），西北边疆一带，战事频繁，岑参怀着到塞外建功立业的志向，两度出塞，先后在边疆军队中生活了六年，对鞍马风尘的征战生活与冰天雪地的塞外风光有长期的观察与体会。天宝十三载（754年）是岑参第二次出塞，充任安西北庭节度使封常清的判官（节度使的僚属），诗人在轮台送他的前任武判官归京（唐代都城长安）时写下了此诗。

【诗词释义】

北风席卷大地把白草都吹折了，胡地才八月就下起了大雪。就像一夜间春风吹来，树上如梨花盛开一般。雪花飘入珠帘打湿了罗幕，就是穿狐裘也不觉得暖和，锦被也嫌单薄。将军的手冻得拉不开弓，铁甲冰冷得让人难以穿着。无边沙漠结成百丈坚冰，忧愁的阴云凝结在长空。主帅帐中摆酒为归客饯行，胡琴琵琶、羌笛合奏来助兴。傍晚，辕门外大雪纷飞，风都吹不动冻僵的红旗。在轮台东门外送你回京去，那时大雪已铺满了天山路。山路迂回已经看不见你，雪上只留下一行马蹄的印迹。

【气象景观】

诗中描述的是冬季的一种灾害性天气——寒潮，寒潮是指冬半年来自极地或寒带的寒冷空气，像潮水一样大规模地向中低纬度的侵袭活动。寒潮袭击时会造成气温急剧下降，并伴有大风和雨雪天气。

我国气象部门规定：冷空气侵入造成的降温幅度，一天之内达到10℃以上，并且最低气温在5℃以下，则称为一次寒潮过程。可见，并不是每一次冷空气南下都称为寒潮。由此可见，其与"胡天八月即飞雪"相符，且与"忽如一夜春风来"呼应。

别董大

千里黄云白日曛,北风吹雁雪纷纷。

莫愁前路无知己,天下谁人不识君。

【作者简介】

高适(704~765年),字达夫、仲武,汉族,渤海蓨(今河北省景县)人,后迁居宋州宋城(今河南省商丘市睢阳区),唐代著名的边塞诗人,与岑参、王昌龄、王之涣合称"边塞四诗人"。与岑参齐名,世称"高岑"。他的诗作题材广泛,内容丰富,感情深挚,现实性较强。其诗笔力雄健、气势奔放,洋溢着盛唐时期所特有的奋发进取、蓬勃向上的时代精神。以诗体而论,高适的古体诗胜过近体诗,其中以七言歌行体最为优秀。他的歌行长诗,气势壮阔,声情顿挫。有《高常侍集》传世,今存诗二百三十八首。

【创作背景】

唐玄宗天宝六年(747年)春天,吏部尚书房管被贬出朝,门客董庭兰也离开长安。这年冬天董庭兰与高适会于睢阳(今河南省商丘县南),高适写了《别董大二首》,这是其中的一首。

【诗词释义】

满天阴沉沉的云,太阳也变得暗淡无光,北风呼呼地吹,大雁在纷飞的雪花中向南飞去。不要担心新去的地方没有朋友,凭着你的琴声、你的音乐修养,世上有谁不知道你、不敬重你呢?

【气象景观】

落日黄云,大野苍茫,唯北方冬日有此景象。诗中涉及的鹅毛大雪,其实并不是单个雪花,雪花从云中下降到地面,路途很长,多个雪花很容易互相攀附合并在一起,这种由许多雪花粘连在一起,甚至经过多次的合并而形成的大雪片,就是我们所说的鹅毛大雪。我们见到的从天空中降落的单个雪花晶体的直径一般为0.5~3.0毫米,但经过多次合并形成的大雪片,最大的直径可达15.0毫米左右。

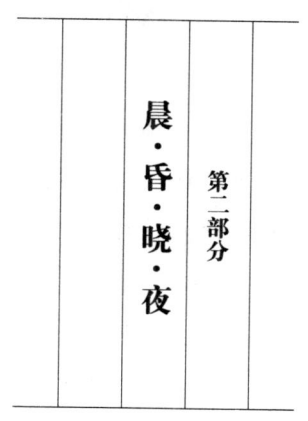

第二部分

晨·昏·晓·夜

　　地球自转形成了白天和黑夜，人们很容易看到日出和日落，感受到白昼和黑夜的交替。夜晚天凉，日出后渐暖，午后时分最热，此后又逐渐凉下去。

一·晨

清晨是指刚刚日出的时候，通常指早上5:00~6:30这段时间。早晨指从天将亮到八九点钟的一段时间。中国古代将一天分为十二个时辰，辰时即为现代二十四小时制的7:00~9:00。早晨为一天之始，往往被视为充满朝气的时刻，因此，中国古语亦说"一日之计在于晨"。

商山早行

晨起动征铎，客行悲故乡。鸡声茅店月，人迹板桥霜。槲叶落山路，枳花明驿墙。因思杜陵梦，凫雁满回塘。

【作者简介】

温庭筠（约812~866年），本名岐，艺名庭筠，字飞卿，太原祁（今山西省祁县）人。晚唐著名诗人、词人。温庭筠诗词俱佳，他的词在思想上虽没有较高的价值，但在艺术上却有独到之处，历代诗论家对温庭筠诗词评价甚高，被誉为"花间派鼻祖"。他的诗现存约三百三十首，其中六分之一为乐府诗，华美秾丽，多写闺阁、宴游题材。还有些以山水、行旅为题材，写得清丽工细，如《商山早行》诗之"鸡声茅店月，人迹板桥霜"，更是不朽名句，千古流传。

【创作背景】

这首诗大概是作者离开长安赴襄阳投奔徐商，在商山（又名尚阪、楚山，在现陕西省商州市东南）途中所作。据夏承焘《温飞卿系年》，这件事发生在唐宣宗大中十三年（859年），当年温庭筠四十八岁，他久困科场，年近五十又为生计所迫出为一县尉，说不上有太好的情绪，且去国怀乡之情在所难免，故写下此诗，表达了羁旅中无限的愁思和人生的失意。

【诗词释义】

黎明起床，车马的铃铎已震动；一路远行，游子悲思故乡。鸡声嘹亮，茅草店沐浴着晓月的余辉；板桥清霜，先行客人留下足迹。枯败的槲叶，落满了荒山的野路；淡白的枳花，鲜艳地开放在驿站的泥墙上。不由想起昨夜梦见杜陵的美好情景；野鸭和大雁，正嬉戏在岸边弯曲的湖塘里。

【气象景观】

古时旅客为了安全，一般都是"未晚先投宿，鸡鸣早看天"。诗人既然写的是早行，那么鸡鸣和月是必然要体现的。同样，对于早行者来说，板桥、霜和霜上的人迹也都是有特征性的景物。在寒冷季节的清晨，草叶上、土块上常常会覆盖着一层霜。霜是空气中的相对湿度到达100%时，水分从空气中析出的现象。

早发白帝城

朝辞白帝彩云间，千里江陵一日还。
两岸猿声啼不住，轻舟已过万重山。

【作者简介】

李白（详见第9页）。

【创作背景】

唐肃宗乾元二年（759年）春天，李白因永王李璘案，流放夜郎，取道四川赶赴被贬谪的地方。行至白帝城时，忽然接到赦免的消息，惊喜交加，随即乘舟返回江陵。此诗即回程途中所作。

【诗词释义】

清晨，我告别了彩云缭绕的白帝城，千里之远的江陵，一天之间就能到达。两岸猿猴的啼声不断，还回荡在耳边时，轻快的小船已驶过连绵不绝的万重山峦。

【气象景观】

"朝辞白帝彩云间"中朝即早晨。写早晨景色，显示出从晦暝转为光明的大好气象，而诗人便在这曙光初灿的时刻，怀着兴奋的心情匆匆告别白帝城返回江陵。

"彩云"指的是朝霞，朝霞的形成是由于空气对光线的散射作用。当太阳光射入大气层后，遇到大气分子和悬浮在大气中的微粒，就会发生散射。这些大气分子和微粒本身是不会发光的，但由于它们散射了太阳光，使每一个大气分子都形成了一个散射光源。根据瑞利散射定律，太阳光谱中的波长较短的青、蓝、紫等颜色的光最容易散射出来，而波长较长的红、橙、黄等颜色的光透射能力很强。因此，我们看到晴朗的天空总是呈蔚蓝色，而地平线上空的光线只剩波长较长的黄、橙、红光了。这些光线经空气分子和水汽等杂质的散射后，那里的天空就带上了绚丽的色彩。

黄昏,又叫傍晚,是指日落以后到天还没有完全黑的这段时间。由于冬夏时间差异,黄昏一般是指16:00~20:00。

暮江吟

一道残阳铺水中,半江瑟瑟半江红。

可怜九月初三夜,露似真珠月似弓。

【作者简介】

白居易(详见第6页)。

【创作背景】

此诗大约是长庆二年(822年)白居易在赴杭州任刺史的途中所写。诗人看透了朝廷的政治昏暗,品尽了朝官的滋味,寻求外任。此诗是作者离开朝廷后心情轻松畅快时所写。

【诗词释义】

一道落日的余辉铺在江面上，江水一半呈现出碧绿色，一半呈现出红色。可爱的是那九月白露下降的初月夜，滴滴露水就像粒粒珍珠一般，一弯月儿也仿佛是一张精致的弓。

【气象景观】

诗人选取了红日西沉到新月东升这一段时间里的两组景物进行描写，一幅是夕阳西沉、晚霞映江的绚丽景象，一幅是弯月初升，露珠晶莹的朦胧夜色。

日落前后的霞称为晚霞，晚霞也是由于空气对光线的散射作用形成的。

在农历的每月初一，当月亮运行到太阳与地球之间的时候，月亮以它黑暗的一面对着地球，并且与太阳同升同没，人们无法看到它。这时的月相叫"新月"或"朔"。新月过后，月亮渐渐移出地球与太阳之间的区域，这时我们开始看到月亮被阳光照亮的一小部分，形如弯弯的娥眉，所以这时的月相叫"娥眉月"。因此，九月初三夜是"娥眉月"，似弯弯的娥眉，又似弯弓。

"露似真珠"，露是空气中水汽以液滴形式液化在地面覆盖物体上的液化现象。夜间气温下降，越近地面冷却越快，形成与白天相反的下冷上热的温度分布，当地面温度冷却到使贴近地面空气中的水汽含量达到饱和时，地面物体上开始观察到有露滴生成，像珍珠一样晶莹剔透。

三·夜

阴天的夜晚天空呈现黑暗;晴朗的夜晚天空可以看到闪烁的星星。夜晚是一个神秘的现象。

宿业师山房待丁大不至

夕阳度西岭,群壑倏已暝。松月生夜凉,风泉满清听。
樵人归欲尽,烟鸟栖初定。之子期宿来,孤琴候萝径。

【作者简介】

孟浩然(689~740年),名浩,字浩然,号孟山人,襄州襄阳(现湖北襄阳市)人,世称孟襄阳。唐代著名的山水田园派诗人,与另一位山水田园诗人王维合称为"王孟"。孟浩然的一生经历比较简单,他早年有用世之志,在经历了科举失利的挫折之后,在政治上困顿失意,才把更多的目光投注于自然山水,以隐世身。他一生中绝大部分时间都是隐居乡里或漫游四方,为后世留下了许多不朽的诗篇,被后世称为"隐逸诗人之祖"。他的诗歌绝大部分为五言短篇,题材大多关于山水田园和隐居、羁旅行役的心情。

【创作背景】

此诗写作年代待考,其背景是这样的:孟浩然住在僧人业师的庙里，他的朋友丁大和他约定晚上来庙里和他共宿。天快黑了，丁大还没有来，孟浩然就出庙等他，写下了这首诗。

【诗词释义】

夕阳越过了西边的山岭，千山万壑忽然昏暗寂静。月亮照耀着松林，更觉得夜晚清凉，风声泉声共鸣分外清晰。山中砍柴的人差不多走尽了，烟霭中鸟儿也归巢休息了。丁大约定今晚来寺住宿，我独自抚琴站在山路等他。

【气象景观】

夜晚是地球自转背对太阳的一面出现的天象，太阳光照射不到，所以夜晚天空呈现黑暗。因地球自转和自转轴倾角，所以不同经纬度、不同季节的入夜时间和夜晚长度也是不同的。不同经度由东至西依次推移进入夜晚或白昼。纬度越高，夜晚或白昼也变得越长。最长的夜晚出现在地球南北极；半年极昼，半年极夜。在夜晚，气温通常会逐渐降低，在半夜以后达到最低。

第三部分 日·月·星·光

　　日月星光从本质上说是地球在宇宙上位置变化及观察点在地球上的位置所见天象，属于天文学范畴。日月星光的观赏与气候、气象、季节、地理环境都有着密切的关系。如旭日、夕阳、满月、残月这些景观均需掌握天气状况，才能观察到。

日出象征着一天的开始，也象征着温暖、光明与希望的到来。日出携带着温暖周而复始地出现在海平面上，缓缓升起，照耀着这片被黑夜笼罩的大地，值得人们等待。

忆江南

江南好，
风景旧曾谙。
日出江花红胜火，
春来江水绿如蓝，
能不忆江南？

【作者简介】

白居易（详见第6页）。

【创作背景】

白居易曾分别在杭州两年、苏州一年担任刺史，再加上他在青年时期曾漫游江南、旅居苏杭，因此，他对江南地区有着相当的了解和深厚的情结。后来他因病卸任苏州刺史，回到洛阳后十余年，写下三首《忆江南》，这是其中的一首。

【诗词释义】

江南的风景如此美好，如画的风景依然熟悉。太阳从江面升起时，把江边的鲜花映得比火还红，春天到来时碧绿的江水像湛蓝的蓝草，怎能叫人不怀念江南？

【气象景观】

为什么会有"日出江花红胜火"的现象发生呢？在太阳刚升起时，只有穿透能力很强的赤色光才能射入大地。刚刚露出地平线的太阳，红光灿灿，以较大的入射角照到江面，江面如镜，江面上的入射光线全部反射回来，进入人们的肉眼，展现出一幅光彩夺目红似火的景色。加上钱塘江水，碧波粼粼，尤其是春天的水色更是迷人，构成了"日出江花红胜火"的胜境。

为什么又出现"春来江水绿如蓝"的现象呢？太阳光是由赤、橙、黄、绿、青、蓝、紫七种颜色组成的。各种光的波长不同，照射到物体上，它的吸收和反射的性能也不同。如赤色光波长最长，橙色和黄色光的波长次之，它们不受水的阻碍能透过江水。而蓝色和绿色光波长比较短，在水中只能透入很浅的地方，遇到阻碍时，会强烈地散射和反射，当反射到人的眼睛中就呈现"绿如蓝"，加上江南多春雨，江河水涨，水深透明度高，就会出现"春来江水绿如蓝"的佳景。

望庐山瀑布

日照香炉生紫烟,遥看瀑布挂前川。

飞流直下三千尺,疑是银河落九天。

【作者简介】

李白(详见第9页)。

【创作背景】

这首诗一般被认为是唐玄宗开元十三年(725年)前后李白出游金陵途中时初游庐山所作,也有人认为此诗作于唐玄宗天宝十五年(756年)夏秋之交李白到庐山游玩时所作。

【诗词释义】

阳光照射下,香炉峰生起紫色的烟霞,远远望去,瀑布像白色绢绸悬挂在山前。高崖上飞速直落的瀑布好像有几千尺长,让人恍惚以为是银河从天上泻落到人间。

【气象景观】

紫烟:指日光透过云雾,远望如紫色的烟云。紫烟到底从何而来,其实诗文的第二句(遥看瀑布挂前川)已经暗示了。远看瀑布像条白色绢绸挂在江面上,由于瀑布飞泻,水汽蒸腾而上,大量微小的水滴分散在空气中形成了云雾,这云雾其实就是一个庞大的气溶胶,如果其中的水滴直径小于入射波长的1/20,当强烈的日光通过云雾时胶体粒子(即水滴）会对日光产生瑞利散射，如日光中的紫光被散射的强度最大，因此，云雾远远看起来就像是紫色的烟。

而自然界中的一般云雾，由于粒子较大，只能呈现白色。正因为"紫烟"现象是由胶体的光学特性所引起，其明显程度与瀑布水量（其冲击程度可以影响形成水滴的大小和浓度）、光线强度、日光照射角度及观测者的位置等因素密切相关。所以，平常的游客往往是看不到"紫烟"的。李白在创作此诗期间，能机缘巧合看到，也应了"文章本天成，妙手偶得之"的喻语。

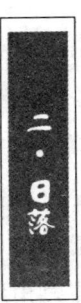

二·日落

　　对于日出的描写似乎总是比较直接,也比较倾向于明丽轻快和热烈昂扬。而对日落的描写似乎复杂一些,不同人、不同心境表现出很大的差异。虽然也有一些豪迈欢快的节奏,但总体上是落寞悲凉的旋律。"日薄西山,气息奄奄。"在古代中国,诗人们喜爱以日落时分,夕阳垂暮的景色来抒发自己年怀已老,志不能伸的感受。唐代李商隐所作《登乐游原》里的两句"夕阳无限好,只是近黄昏"正是表达了这种情怀。

登乐游原

向晚意不适,驱车登古原。
夕阳无限好,只是近黄昏。

【作者简介】

　　李商隐(约813～858年),字义山,号玉溪(谿)生、樊南生,祖籍河内(今河南省焦作市),晚唐最出色的诗人之一。晚唐诗歌在前辈的光芒照耀下大有山穷水尽的下滑趋势，而李商隐将唐诗推向了又一次高峰。他的诗歌创作博采众家之长，形成了一种深情缠绵、绮丽精巧的独特风格。李商隐的诗歌流传下来近六百首。就诗歌的内容而言，主要包括政治诗、咏史诗、写景咏物诗和爱情诗等。其中写景咏物诗也有惊人之笔，如《登乐游原》等，境界苍凉，悲壮含蓄。

【创作背景】

乐游原是唐代游览胜地，同时因为地势较高，便于览胜，文人墨客经常来此作诗抒怀。唐代诗人们在乐游原留下了近百首珠玑绝句，历来为人所称道，诗人李商隐便是其中之一。李商隐所处的时代是国运将尽的晚唐，尽管满心抱负却无处施展，恨不得志。这首《登乐游原》正是他心境郁闷的真实写照。

【诗词释义】

临近傍晚时分，觉得心情不太舒畅，于是驾着车登上乐游原。夕阳下的景色无限美好，只可惜将近黄昏，美好时光终究短暂。

【气象景观】

天文学家早就发现，地球大气会使光线散射。1871年，英国科学家瑞利证明，短波光的散射比长波光要强得多，所以，阳光中的短波光如紫色光被大气层中微小尘埃和空气分子散射要比长波光如红色光强10倍以上（这首先可以解释为什么天空总是蔚蓝色的）。由于日落日出的时候，阳光所穿透的大气层增厚,而黄、红色光穿透能力最强,所以,此时太阳看起来是深黄、殷红色。一般来讲,黄昏时空气中的烟尘要比清晨多,因此,落日颜色又不同于旭日。

使至塞上

单车欲问边,属国过居延。
征蓬出汉塞,归雁入胡天。
大漠孤烟直,长河落日圆。
萧关逢候骑,都护在燕然。

【作者简介】

王维(701~761年),字摩诘。祖籍祁(今属山西省),后随其父迁居蒲州(今山西省运城市),唐代著名诗人、画家。开元(唐玄宗年号,713~741年)进士。王维在诗歌领域有很高的成就,他是唐代山水田园派的代表人物,与孟浩然并称"王孟"。他的诗句被苏轼称为"味摩诘之诗,诗中有画,观摩诘之画,画中有诗"。他继承并发展了谢灵运开创的山水诗传统,吸取了陶渊明田园诗清新自然的特点,使唐代的山水田园诗发展到了高峰,在我国诗歌史上占有重要的位置。存诗四百余首,代表作有《相思》《山居秋暝》等,著作有《王右丞集》《画学秘诀》。

【创作背景】

唐玄宗开元二十四年(736年),吐蕃发兵攻打唐属国小勃律(在今克什米尔北部)。开元二十五年(737年)春,河西节度副大使崔希逸在青涤西大破吐蕃军。唐玄宗命王维以监察御史的身份奉使凉州,出塞宣慰,察访军情,并任河西节度使判官,实际上是将王维排挤出朝廷。这首诗即作于此次出塞途中。

【诗词释义】

乘单车想去慰问守卫边关的将士,路经的属国已过居延。千里飞蓬飘出汉塞,北归大雁正翱翔云天。浩瀚沙漠中一柱孤烟直上,无尽黄河上落日浑圆。到了边塞遇到了侦候骑士,他告诉我都护已经在燕然前线。

【气象景观】

"长河落日圆",其实不然。我们肉眼观察到的落日应该是扁的,椭圆形的,短轴约比长轴短1/5。落日为什么会是扁的呢?这是光的折射现象在捣鬼。把筷子插入一只盛水的杯子里,看起来筷子是折成两段的,这就是光的折射现象。光在密度大的物质里跑得慢,在密度小的物质里跑得快。水的密度比空气大，于是，光在水和空气的界面上速度突然改变，造成光的折射。

那么在空气中光线会不会曲折呢？也会。原来空气的密度也是不均匀的。由于地心引力的关系，地球表面大气密度大，越往高处空气越稀薄，密度越小。这种密度的差别并不大，通常观察不到光线由此产生的曲折。但是，当太阳落山时，阳光斜着通过大气，距离很远，产生的折射已经可以使人明显地感觉到，且这种折射越贴近地面越强。落日的上端和下端光曲折得不一样，看起来就成扁的了。

登鹳雀楼

白日依山尽，黄河入海流。
欲穷千里目，更上一层楼。

【作者简介】

王之涣（688～742年），字季凌，祖籍晋阳（今山西省太原市），后迁居绛郡（今山西省新绛县），盛唐诗人。早年精于文章，并善于写诗，他的诗多被当时乐工引为歌词，名重一时。王之涣善写五言诗，善于描写边塞风光。他的诗只流传下六首，却为唐代诗歌宝库中的精华。《登鹳雀楼》《凉州词二首》（其一）和《送别》三首都是名篇，前两首最为脍炙人口，王之涣也因这两首传世名作而成为著名的盛唐边塞诗人。

【创作背景】

王之涣早年及第，曾任过冀州衡水县（今河北省衡水市）的主薄，不久因遭人诬陷而罢官，不到三十岁的他从此过上了访友漫游的生活。写这首诗的时候，王之涣只有三十五岁。这首诗也是他仅存的六首绝句之一。

【诗词释义】

夕阳依傍着山峦慢慢地降落，滔滔黄河朝着东海流去。若要把这千里的风光看遍，那就要再登上一层高楼。

【气象景观】

白日就是夕阳。由于云雾缭绕，太阳变白，故称为白日。也正是由于这种原因，云雾遮盖，导致视线不佳，所以，要看到更远的地方，才需要更上一层楼。

三·月

月亮，古时又称太阴、玄兔，是地球唯一的天然卫星，太阳系中第五大卫星。月球的直径是地球的四分之一，质量是地球的八十分之一。月球表面布满了由陨石撞击形成的环形山。月球现在与地球的距离，大约是地球直径的30倍。月球也是第一个人类曾经登陆过的地外星球。

马诗二十三首（其五）

大漠沙如雪，燕山月似钩。
何当金络脑，快走踏清秋。

【作者简介】

李贺（790～816年），字长吉，祖籍陇西成纪（今甘肃省秦安县），生于福昌县昌谷（今河南省洛阳市宜阳县），中唐的浪漫主义诗人。世称李长吉、鬼才、诗鬼、李昌谷、李奉礼，与李白、李商隐三人并称唐代"三李"。他的诗作多是讽刺黑暗政治和不良社会现象，有的直陈时事，有的是借古刺今，如《汉唐姬饮酒歌》《仙人》《雁门太守行》等。还有一部分咏物诗，如《马诗二十三首》。

【创作背景】

作者所处的贞元（785~805年）和元和（806~820年）期间，正是藩镇极为跋扈的时代，而"燕山"暗示的幽州蓟门一带又是藩镇肆虐为时最久、为祸最烈的地带，所以，诗意是颇有现实感慨的，思战之意也有针对性。平沙如雪的疆场寒气凛凛，但它是英雄用武之地。所以，前两句写景，实际上是开启后两句的抒情，又具有兴起的意义。

【诗词释义】

广阔的沙漠在月光的照耀下像铺上了一层白白的雪。燕山的山岭上，悬挂着如弯钩一般的明月。什么时候才能佩戴上黄金打造的鞍具，让我在秋天的战场上驰骋，立下汗马功劳呢？

【气象景观】

"钩"是一种弯刀，是古代的一种兵器，形似月牙。从明晃晃的月牙联想到武器的形象，也就含有战斗之意。

由于地球、月球和太阳三者之间的相对位置的变化，在地球上人们所看到的月亮被日光照亮的部分也是变化的。随着月亮每天在星空中自西向东移动，它的形状也在不断地变化着，这就是月亮的位相变化，叫做月相。

月相变化的顺序是：新月—娥眉月—上弦月—凸月—满月—凸月—下弦月—娥眉月—新月，就这样周期性循环，周期大约是一个月。农历每月初一，月球位于太阳和地球之间。地球上的人们正好看到月球背离太阳的暗面,因而,在地球上看不见月亮(相当于"黑月亮"),称为新月或朔。新月过后,月球向东绕地球公转,从而使月球离开地球和太阳中间而向旁边偏了一些,即月球位于太阳的东边。月球被太阳照亮的半个月面朝西,地球上可看到其中有一部分呈镰刀形,凸面对着西边的太阳,称为娥眉月。月似钩应该就是娥眉月。

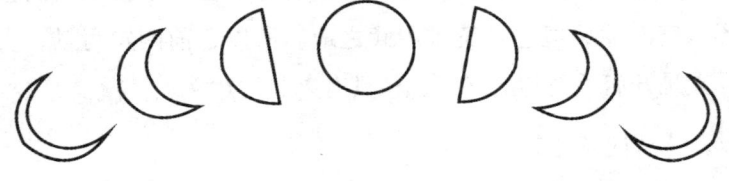

静夜思

床前明月光,疑是地上霜。
举头望明月,低头思故乡。

【作者简介】

李白(详见第9页)。

【创作背景】

唐玄宗开元之治十四年(726年),李白当年26岁,在一个月明星稀的夜晚他寄宿在扬州旅馆,抬头看见天空挂着一轮明月,思乡之情油然而生,便写下了这首传诵千古、中外皆知的名诗。

【诗词释义】

明亮的月光透过窗户洒进屋来,我还以为是地上泛起了白霜。抬头仰望,一轮明月悬挂天空,低下头不由得想念起自己的故乡。

【气象景观】

古人诗歌提起月亮,经常用玉盘、玉轮、玉镜、冰镜、玉蟾、玉弓、玉桂、玉钩这些字眼,努力把月亮描写得像白玉一样无瑕。而月光也经常被形容为银色的月光、皎洁的月光。银白是我们在天气非常晴朗时才能见到的月亮颜色。这种颜色其实来自于太阳光的反射光的集合。因为月亮本身并不发光,它的光辉全部来自反射的太阳光。太阳的赤、橙、黄、绿、青、蓝、紫等七种色光混合后的颜色恰为白色,它被月亮反射后穿过大气层,如果穿越大气层的过程中遇到的尘埃水汽比较少,哪一种光都没有被消掉,白光就会直接映入眼帘,我们看到的就是银白色的月亮。

霜是一种白色的冰晶,月白霜清,是清秋夜景;以霜色形容月光,既形容了月光的皎洁,又表达了季节的寒冷,还烘托出诗人飘泊他乡的孤寂凄凉之情。

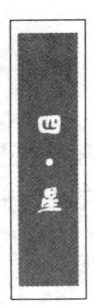

"宁静的夏天,天空中繁星点点,心里头有些思念,思念着你的脸。"星星是浪漫的代名词。夜空因星星而美丽。

鹊桥仙·纤云弄巧

纤云弄巧,飞星传恨,银汉迢迢暗度。
金风玉露一相逢,便胜却人间无数。
柔情似水,佳期如梦,忍顾鹊桥归路。
两情若是久长时,又岂在朝朝暮暮。

【作者简介】

秦观(1049~1100年),字太虚,又字少游,别号邗沟居士,世称淮海先生。汉族,高邮(今属江苏省)人,北宋文学家、词人。官至太学博士,国史馆编修。秦观一生坎坷,所写诗词,高古沉重,寄托身世,感人至深。与黄庭坚、晁补之、张耒都游学于苏轼门下,人称"苏门四学士"。以词负盛名,词风格婉约纤细、柔媚清丽,情调低沉感伤,愁思哀怨,向来被认为是婉约派的代表作家之一。代表作品有《鹊桥仙》《淮海集》和《淮海居士长短句》。

【创作背景】

《鹊桥仙》原是为咏牛郎、织女的爱情故事而创作的乐曲。秦观这首词的内容也正是咏此神话,立意高远、独出机杼,借牛郎织女悲欢离合的故事,歌颂坚贞诚挚的爱情。

【诗词释义】

纤薄的云彩在天空中随风飘动,变化不断,天上的流星仿佛在传递着分离的愁恨,那遥远无垠的银河又宽又阔,牛郎织女就这么被它长期阻隔。即使每年在秋风白露的七夕相会一次,也能胜过人间相会欢乐的许多倍。两人相爱像水那样和顺深长,短暂的相会如梦如幻,分别之时不忍去看那鹊桥归路。其实两人的感情只要长久不衰,又何必贪求整天厮守在一起呢?

【气象景观】

"飞星"指天空中流动的星星,传达出牛郎织女终年不得相见的离仇别恨。"银河"指天河,可怜牛郎织女在夜里渡过了辽阔的天河才能相见。

银河系在天空上的投影像一条流淌在天上闪闪发光的河流一样,所以古称"银河"或"天河"。一年四季都可以看到银河,只不过夏秋之交可以看到银河最明亮壮观的部分。对于北半球来说,夏季星空的重要标志,是从北偏东地平线向南方地平线延伸的光带——银河,以及由3颗亮星,即银河两岸的织女星、牛郎星和银河之中的天津四所构成的"夏季大三角"。

夜宿山寺

危楼高百尺,手可摘星辰。
不敢高声语,恐惊天上人。

【作者简介】

李白(详见第9页)。

【创作背景】

李白夜宿深山里面的一个寺庙,发现寺院后面有一座很高的藏经楼,于是他登了上去。凭栏远眺,星光闪烁,李白诗性大发,写下了这首纪游写景的短诗。

【诗词释义】

山顶的寺庙真高啊,有一百尺的样子,仿佛一伸手就能摸到天上的星星。我站在这里不敢大声说话,害怕惊动了天上的神仙。

【气象景观】

星辰是天上星星的统称。星星指的是肉眼可见的宇宙中的天体。星星内部的能量活动使星星变得形状不规则。星星大致可分为行星、恒星、彗星、白矮星等。决定人们看到的星星是明还是暗,主要有两个因素:一是看星星发光能力的大小,二是星星和人们之间距离的远近。

第四部分

虹·霓·晕·蜃

　　虹霓晕蜃属于大气光学现象。这些光学现象是大气粒子与太阳光作用的结果。大气中的粒子（可以是雨滴、冰晶、云滴，尘粒等）把光折射、反射、散射或衍射后会产生光学现象。其中虹和霓是人们研究最早的大气光学现象。

一·虹

风雨之后的彩虹,是令人愉悦的风景。彩虹应该算是较常见的大气光学现象。每当你身在骤雨后的阳光中,又或是站在喷水池附近,若你身处的位置适当,你便会见到彩虹。

念奴娇·断虹霁雨

断虹霁雨,净秋空,山染修眉新绿。桂影扶疏,谁便道,今夕清辉不足?万里青天,姮娥何处,驾此一轮玉。寒光零乱,为谁偏照醽醁?

年少从我追游,晚凉幽径,绕张园森木。共倒金荷,家万里,难得尊前相属。老子平生,江南江北,最爱临风笛。孙郎微笑,坐来声喷霜竹。

【作者简介】

黄庭坚(1045年8月9日~1105年5月24日),字鲁直,号山谷道人,晚号涪翁,洪州分宁(今江西省九江市修水县)人,北宋诗人。能诗词,擅书画,尤以诗突出,被后人奉为

"江西诗派"的"三宗"之首。著有《豫章先生文集》三十卷、《山谷琴趣外编》三卷。《全宋词》收录其词一百九十余首。《全宋词补辑》又从《诗渊》辑得二首。

【创作背景】

宋哲宗绍圣年间，黄庭坚被贬涪州别驾黔州安置，后改移地处西南的戎州（今四川省宜宾市）安置。据任渊《山谷集注》附《年谱》中记载，宋哲宗元符二年（1099年）八月十七日，黄庭坚与一群青年人一起赏月、饮酒，有个名叫孙彦立的朋友，善吹笛。在月光如水、笛声悠扬的情境中，黄庭坚提笔写下这首词。

【诗词释义】

雨过天晴，天边出现一道彩虹，万里秋空一片明静。如秀眉的山峦经过雨水的冲刷，仿佛披上了新绿的衣服。月下的桂树还很茂密，怎么能说今晚的月色不明亮呢？晴空万里，嫦娥啊，你驾驶着这一轮圆月去哪里呀？寒冷的月亮啊，你照射在这坛美酒上又是为了谁？

一群年轻人跟随着我，在微凉的晚风中踏着幽寂的小径，走进长满林木的张家小园。让我们把手中的荷叶金杯斟满，虽然离家万里，可是把酒畅饮的欢聚时刻实在难得。老夫我这一生走遍大江南北，最喜欢的还是听临风吹奏的曲子。孙郎听后，微微一笑，马上吹出了悠扬的笛声。

【气象景观】

彩虹，又称天虹，简称为"虹"，是气象中的一种光学现象。当太阳光照射到空气中的水滴，光线被折射及反射，在天空上形成拱形的七彩光谱，雨后常见。形状弯曲，通常为半圆状，色彩艳丽。东亚、中国对于七色光的最普遍说法（按波长从大至小排序）：红、橙、黄、绿、青、蓝、紫（外红内紫）。其实只要空气中有水滴，而阳光正好在观察者的背后以低角度照射，就可以观察到彩虹现象。

二·霓

有时候,我们幸运地能看到第二道彩虹。在主虹的外面,通常较暗,颜色排列却是和主虹刚刚相反,这就是副虹,也就是霓了。

水调歌头·游览

瑶草一何碧,春入武陵溪。溪上桃花无数,枝上有黄鹂。我欲穿花寻路,直入白云深处,浩气展虹霓。只恐花深里,红露湿人衣。

坐玉石,倚玉枕,拂金徽。谪仙何处?无人伴我白螺杯。我为灵芝仙草,不为朱唇丹脸,长啸亦何为?醉舞下山去,明月逐人归。

【作者简介】

黄庭坚(详见第64页)。

【创作背景】

黄庭坚曾参加编写《神宗实录》,因曾以文字讥笑神宗的治水措施，被诬告为"幸灾谤国"，他晚年两次被贬官西南。此诗大约于作者晚年被贬谪时春行纪游所作。

【诗词释义】

仙草是多么碧绿啊，春天来到了武陵溪。溪水上有无数桃花盛开，树枝上站着黄鹂鸟。我想要穿过花丛寻找出路，却一直走到了白云的深处，彩虹之巅展现浩气。只怕花丛深处，露水弄湿了我的衣服。

坐在玉石上，靠着玉枕，拿着金徽。被贬谪的仙人在哪里啊？没人陪我用田螺杯喝酒。我为了寻找灵芝仙草，不为表面繁华，长叹又是为了什么？喝醉了酒，手舞足蹈地下山去，明月仿佛在驱逐我回家。

【气象景观】

"浩气展虹霓"中的"霓"是指在虹的外侧还能看到第二道虹，称为副虹或霓。副虹是阳光在水滴中经两次反射而成。当阳光经过水滴时，它会被折射、反射后再折射出来。在水滴内经过一次反射的光线，便形成人们常见的彩虹（主虹）。若光线在水滴内进行了两次反射，便会产生第二道彩虹（霓）。由于每次反射均会损失一些光能量，因此，霓的光亮度亦较弱。两次反射最强烈的反射角出现在50°至53°，所以，副虹位置在主虹之外。因为有两次的反射，副虹的颜色次序跟主虹相反，外侧为紫色，内侧为红色。副虹其实一般跟随主虹存在，只是因为它的光线强度较低，所以，有时不被肉眼察觉而已。

在一些农村流传这样一句话:"毛月亮,猛鬼现。"就是说每当出现毛月亮时,凶灵就会出没。这听起来就叫人毛骨悚然。因此,每次毛月亮出现之后,大家都会紧闭门窗,不再出来。试想一下,天空一片漆黑,不见一颗星星,独自一人走在荒郊野外,抬头突然发现一轮长满白毛的圆月挂在天上,谁人心里不生出一丝恐惧。其实,毛月亮学名月晕。月晕是一种自然界的光学现象,就是天上没有云,但月亮却不明亮,很朦胧。

横江词(六首其六)

月晕天风雾不开,海鲸东蹙百川回。

惊波一起三山动,公无渡河归去来。

【作者简介】

李白(详见第9页)。

【创作背景】

对于这组诗的创作背景,学术界至今仍没有取得一致意见。有人认为这组诗是"安史之乱爆发前夕的天宝十四年秋"所作,诗中的横江风波象征着"黑暗腐朽的政治局面""岌岌可危的国家命运",寄寓着"大乱将兴、大祸将起、迫在眉睫的危急形势"。还有人则认为这组诗是天宝十二载(753年)秋天,李白由幽州南下宣城途中经横江浦时所作,认为横江风浪象征安禄山行将叛乱,寄寓着诗人对唐王朝危急形势的忧虑。

【诗词释义】

横江之上经常月晕起大风,整日笼罩在大雾中,波涛向东,百川倒流。声势浩大的波浪把三山都摇动了,千万不要轻易渡江,很可能会有去无回。

【气象景观】

月晕是在月亮周围出现的光环。日晕、月晕都是由冰晶折射而成的,与彩虹产生的原理一样。当太阳或月亮的光线透过高而薄的白云(卷云、卷层云或卷积云)时,受到冰晶折射形成彩色光圈,彩色排列顺序内紫外红。出现在太阳周围的光圈叫日晕,出现在月亮周围的光圈叫月晕。

日晕或月晕的出现,往往预示着天气即将发生变化。一般日晕预示下雨的可能性大,而月晕多预示着要刮风。所以,民间有这样一句谚语:"日晕三更雨,月晕午时风。"

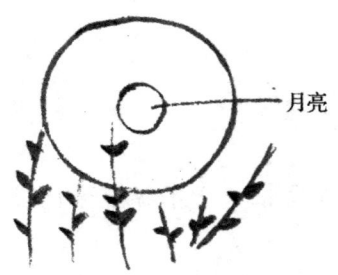

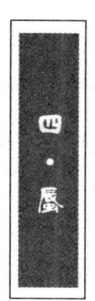

　　夏天，海面平静的时候，我们站在海滨远眺，有时会发现海面上不知什么时候"飞"来了一座座仙山群阁，既真实又像梦幻。据说，古人对这种现象大为困惑，以为是一种叫"蜃"的海中圣物吐出的气，结成楼阁，所以叫"海市蜃楼"，其实这是一种美丽的自然现象。

渡荆门送别

　　渡远荆门外，来从楚国游。
　　山随平野尽，江入大荒流。
　　月下飞天镜，云生结海楼。
　　仍怜故乡水，万里送行舟。

【作者简介】

李白（详见第9页）。

【创作背景】

　　这首诗是诗人于开元十三年（725年）辞亲远游，出蜀至荆门时赠别家乡而作。李白从小一直在四川生活，读书于戴天山上，游览峨眉，隐居青城，对蜀中的山山水水怀有深挚的感情，直至二十五岁第一次离开故乡远渡荆门，开始漫游全国，实现自己的理想抱负。

【诗词释义】

乘船远行，路过荆门一带，我来到楚国之地游历。重山渐渐消失，原野广阔无际，滔滔江水汇集到了一条河流中。月影倒映江中像是飞来天镜，云彩变幻无穷，结成了海市蜃楼。我依然怜爱这来自故乡的水，不远万里来送我行舟。

【气象景观】

平静的海面、大江江面、湖面、雪原、沙漠或戈壁等地方，偶尔会在空中或"地下"出现高大的楼台、城廊、树木等幻景，这种现象称为"海市蜃楼"。其实，海市蜃楼是光线在垂直方向密度不同的气层中，经过折射形成的幻景。通常可分为上现、下现和侧现等海市蜃楼景观。蜃景有两个特点：一是在同一地点重复出现；二是出现的时间一致。

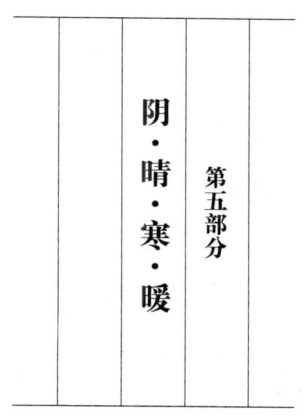

第五部分 阴·晴·寒·暖

天气的阴晴变化，季节的寒来暑往，形成了气象万千的自然现象。天气条件及其变化不仅影响人的生理健康，而且对心理情绪方面的影响也非常明显。有利的天气条件，可使人们情绪高涨、心情舒畅，生活质量和工作效率提高；而不利的天气条件，则容易使人情绪低落、心胸憋闷、懒惰无力。

一·阴天

"天昏昏令人郁郁。"不喜欢阴天,灰蒙蒙的一片常会勾起伤感思绪,让心情很是压抑。

醉花阴·薄雾浓云愁永昼

薄雾浓云愁永昼,瑞脑消金兽。佳节又重阳,玉枕纱厨,半夜凉初透。东篱把酒黄昏后,有暗香盈袖。莫道不销魂,帘卷西风,人比黄花瘦。

【作者简介】

李清照(1084~1155年),号易安居士,济南章丘(今属山东省)人,宋代女词人,婉约词派代表,有"千古第一才女"之称。她擅长书、画,通晓金石,而尤精诗词,工于造语,善于创意出奇,擅长用白描手法塑造出鲜明动人的形象,创立了雅而不难、易而不俗、生活气息浓郁的"易安体"。她的词分前期和后期。前期词人与丈夫赵明诚过着宁静闲适的书斋生活,其词多限于离情别绪、闺中生活、写景咏物,风格清丽俊朗。靖康之难后,词人夫妇南下。不久赵明诚染疾病逝。从此，李清照漂泊在杭州、金华一带，在落寞中度过了悲苦孤独的晚年。国破家亡，丧夫寡居，强烈的身世感使词人的创作发生了深刻变化，写出了一些反映现实的作品，风格沉郁凄凉。有《漱玉词》传世。

【创作背景】

这首词是婚后的李清照在某年重阳佳节所作，抒发的是思念丈夫的心情。传说李清照将此词寄给丈夫赵明诚后，惹得赵明诚比试之心大起，虽三夜未合眼作词数阕，最终都未胜过李清照的这首。

【诗词释义】

薄雾弥漫，云层浓密，整日烦恼，香料在金兽香炉中烧尽了。又到了重阳佳节，睡在洁白的玉枕上，轻薄的纱帐中，半夜的凉气将全身浸透。在东篱饮酒直到黄昏以后，淡淡的黄菊清香溢满双袖。别说不忧愁，西风卷起珠帘，帘中的人儿比黄花还要消瘦。

【气象景观】

"薄雾浓云愁永昼"是指这一天从早到晚，天空都是布满着"薄雾浓云"，这种阴沉沉的天气最使人感到愁闷难捱。阴天指天空中低云总云量在8/10及以上，阳光很少或不能透过云层，天色阴暗的天空状况。云层通常呈灰色或黑色，云层更厚。

二·晴天

人们都向往光明,光明给人以力量,光明给人以喜悦。晴天阳光明媚,所以晴天心情很好。

湖上

花开红树乱莺啼,草长平湖白鹭飞。
风日晴和人意好,夕阳箫鼓几船归。

【作者简介】

徐元杰(1196~1246年),字仁伯,号梅野,信州上饶(今江西省上饶市)人,宋代诗人。自幼颖悟,读书过目不忘,为文落笔辄得奇语。早从朱熹门人陈文蔚学,后师事真德秀。官至工部侍郎,谥忠愍。有文集二十五卷,景定三年(1262年)由其子直谅刊于兴化,已佚。清四车馆臣据《永乐大典》辑为《楳埜集》十二卷。

【创作背景】

这是作者春游西湖时作下的一首诗,他用清新流利的语言、音响和色彩描绘出了一幅欢乐的湖上春游图。

【诗词释义】

在那开满了红花的树上，欢跃的黄莺在不停地鸣叫，西湖岸边长满了青草，成群结队的白鹭在平静的湖面上飞翔。暖风晴和的天气，人的心情也很好，夕阳西下，伴随着阵阵鼓箫声，人们划着船儿尽兴而归。

【气象景观】

"风日晴和人意好"中"晴"是指晴天，指天空中没有云或云很少，总云量不到3成。无云的天空，晴朗的天气。

早 兴

晨光出照屋梁明，初打开门鼓一声。
犬上阶眠知地湿，鸟临窗语报天晴。
半销宿酒头仍重，新脱冬衣体乍轻。
睡觉心空思想尽，近来乡梦不多成。

【作者简介】

白居易（详见第6页）。

【创作背景】

这首诗是唐穆宗长庆三年（823年），白居易到杭州第二年的早春所作。杭州本是他幼时立志去做官的地方，如今夙愿已偿，心中自然快慰。此诗就是在这种喜悦激动中创作的。

【诗词释义】

晨光初照，屋室通明，早衙鼓正咚咚地敲响。小狗在台阶上睡觉感受到大地变潮湿了，小鸟在窗前不停鸣叫仿佛在向人们报告天晴的消息。昨天饮酒太多，今天早晨起来仍觉得头重脚轻，刚刚脱去了冬衣顿时觉得身体变轻松了许多。睡醒后只觉得心境非常空明并没有烦恼，大概是因为昨天夜里没有思乡之梦撩人愁思的缘故吧。

【气象景观】

晨光初照，屋室通明，因为是晴天，所以阳光明媚，小鸟正在窗前不停鸣叫仿佛在报告天晴的消息。白天的天空各处都是亮的，是由于白天的太阳光照射在大气层上，大气层中的空气分子和漂浮在空中的尘埃纷纷予以散射，因而形成亮光。

寒指气温低,让人感到凉或冷。发冷的感觉、寒冷的气候,一般用来描写冬天。更多时候用这个词来表达人的心情失落,感受不到家人、爱人、朋友的温暖。

水调歌头

明月几时有,把酒问青天。不知天上宫阙,今夕是何年。我欲乘风归去,又恐琼楼玉宇,高处不胜寒。起舞弄清影,何似在人间。

转朱阁,低绮户,照无眠。不应有恨,何事长向别时圆?人有悲欢离合,月有阴晴圆缺,此事古难全。但愿人长久,千里共婵娟。

【作者简介】

苏轼(详见第12页)。

【创作背景】

这首词是宋神宗熙宁九年(1076年)中秋,苏轼在密州时所作。因为他与当权的变法者王安石等人政见不同,自求外放,他曾经要求调任到离苏辙较近的地方为官,以求兄弟相聚。熙宁七年(1074年),苏轼差之密州,但这一愿望仍无法实现。公元1076年的中秋,皓月当空,银辉满地,已与弟弟分别七年之久的他,面对一轮明月,心潮起伏,乘着酒兴,挥笔写下了这首名篇。

【诗词释义】

明月从什么时候才开始出现的?我端起酒杯遥问苍天。不知道天上的宫殿,现在是何年何月。我想要乘着风回到天上,又怕在美玉砌成的楼宇里,受不住高空的寒冷。翩翩起舞玩赏着月下清影,哪像是在人间。

月光转过朱红色的楼阁,低低地挂在雕花的窗户上,照着不眠之人。明月不该对人们有什么怨恨吧,为什么偏在人们离别时才圆呢?人有悲欢离合的变迁,月有阴晴圆缺的转换,这种事自古以来难以周全。只希望这世上所有人的亲人都能平安健康,即便相隔千里,也能共享这美好的月光。

【气象景观】

"高处不胜寒"是指由于大气直接吸收太阳辐射比较少,或者说大气对太阳辐射是"透明"的,近地面大气的直接热源是地面,是地面的长波辐射,因此,距离热源越近温度越高,反之越低,这就决定了"随着海拔高度升高气温降低"的规律。在对流层里,海拔高度每升高100米,气温大约下降0.6 ℃。

大林寺桃花

人间四月芳菲尽,山寺桃花始盛开。
长恨春归无觅处,不知转入此中来。

【作者简介】

白居易(详见第6页)。

【创作背景】

此诗作于唐宪宗元和十二年(817年)四月。唐贞元年间进士出身的白居易,曾授秘书省校书郎,官至左拾遗,春风得意之时,因其直谏不讳,冒犯了权贵,受朝廷排斥,被贬为江州(今江西省九江市)司马。因此,他曾面对琵琶女产生"同是天涯沦落人"的沧桑感慨。这种沧桑的感慨,也融入了这首小诗，使之蒙上了逆旅沧桑的色彩。

【诗词释义】

在人间四月里，百花早已凋零，而高山古寺中的桃花才刚刚盛开。我常为春光逝去无处寻觅而怅恨，却不知它已经转到这里来了。

【气象景观】

"人间四月芳菲尽，山寺桃花始盛开"，写出了平原与山地气候的差异。山地的高处和低处来自太阳辐射的热量相差不大，随海拔高度增加气温降低的原因有两个：第一，海拔高度越高大气越稀薄，大气的"保温作用"越弱，气温也越低；第二，高山周围的"冷空气"对山地的"冷却作用"造成了山地随海拔高度增加气温降低。因此，造成了山上、山下的桃花花期早迟不一这种现象。

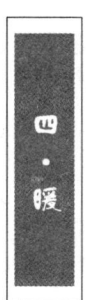

温暖、暖和都是指天气不冷不热的意思。温暖一般是指较短时间里的天气情况,暖和一般是较长时间里的天气情况。此外,温暖还有使人感到有温情的意思。

惠崇春江晚景(其一)

竹外桃花三两枝,春江水暖鸭先知。
蒌蒿满地芦芽短,正是河豚欲上时。

【作者简介】

苏轼(详见第12页)。

【创作背景】

这首诗是元丰八年(1085年)苏轼逗留江阴期间,为惠崇所绘的鸭戏图而作的题画诗。苏轼的题画诗内容丰富,取材广泛,遍及人物、山水、鸟兽、花卉、木石及宗教故事等众多方面。这些作品鲜明地体现了苏轼雄健豪放、清新明快的艺术风格,显示了苏轼灵活自如地驾驭诗画艺术规律的高超才能。这首诗历来被看作苏轼题画诗的代表作。

【诗词释义】

竹林外两三枝桃花初放,初春江水的回暖,鸭子们最先察觉。河滩上已经长满了蒌蒿,芦笋也开始发芽,而这时河豚也正逆流而上,从大海回游到江河里来了。

【气象景观】

"春江水暖鸭先知"是一句富有哲理的名句,从内容角度看:写江中鸭子。鸭子下水,说明水温已经上升,告知春天已到。从哲理角度看:鸭子之所以能"先知""春江水暖",是因为它们长年生活在水中。这句诗在赞美"先知"的鸭子中蕴含着对人生哲理的积极思索。

秋怀·园丁傍架摘黄瓜

园丁傍架摘黄瓜,村女沿篱采碧花。
城市尚余三伏热,秋光先到野人家。

【作者简介】

陆游(1125~1210年),字务观,号放翁,越州山阴(今浙江省绍兴市)人,宋代文学家、史学家、爱国诗人、词人,在生前有"小李白"之称。陆游一生作诗近万首,还有词一百三十首和大量散文。其中以诗成就最为显著,前期多为爱国诗,诗风宏丽,豪迈奔放;后期多为田园诗,风格清丽,平淡自然。其词多数是飘逸婉丽的作品,但也有不少慷慨激昂之作。有《剑南诗稿》《渭南文集》《南唐书》《老学庵笔记》《放翁词》《渭南词》等数十个文集传世。

【创作背景】

此诗作于开禧元年(1205年)秋,描写优美的田园风光,颇有生活气息。以城市作比衬,更见出作者对农村的喜爱之情。

【诗词释义】

园丁在藤架旁摘黄瓜,村女沿着篱笆在采碧花。秋色已经到了乡村人家,城市却还有几分三伏天的热度。

【气象景观】

"城市尚余三伏热,秋光先到野人家",形象地说明了城市热岛效应现象。乡村气温相对较低，而城市则形成一个明显的高温区，如同露出水面的岛屿，这被形象地称之为"城市热岛"。城市因大量的人工发热、建筑物和道路等高蓄热体及绿地减少等因素，造成城市"高温化"。城市热岛中心，气温一般比周围郊区高1℃左右，最高可达6℃以上。诗人所在的南宋，就已经察觉到了城市暖于乡村，但成因和危害肯定没有现在那么复杂。增加绿地和水体覆盖面积，是缓解热岛效应最有效的方式。

第六部分

风·雨·烟·云

经过现代气象学的研究之后,人类才真正弄清楚发生在天空的风、雨、云等诸多自然现象,这些都是地球大气运动的产物。

空气流动形成风。风能激起千层浪,风能吹得万竹斜,春风能催开鲜花,秋风能扫尽落叶。这是《风》这首诗对风形象生动的描述。风是无形的,风又是实在的,我们看不到风,却能感受到风。

江畔独步寻花(其五)

黄师塔前江水东,春光懒困倚微风。
桃花一簇开无主,可爱深红爱浅红?

【作者简介】

杜甫(712~770年),字子美,自号少陵野老,世称"杜工部""杜少陵"等,汉族,河南府巩县(今河南省巩义市)人,唐代伟大的现实主义诗人,759~766年间曾居成都,后世有杜甫草堂纪念。杜甫一生坎坷,动乱流离的生活使他对大众的疾苦有切肤之感,因而他的诗歌总是紧密结合时事,较全面地反映了那个时代的社会生活,思想深厚,境界开阔,被后世誉为"诗史"。在诗艺上他兼备众体,行成

"沉郁浑厚"的独特风格，成为我国历史上伟大的现实主义诗人，被后人誉为"诗圣"。杜甫一生写诗一千四百多首，其中很多是传颂千古的名篇，有《杜工部集》传世。

【创作背景】

这组诗作于杜甫定居成都草堂之后，唐肃宗上元二年（761年）或唐代宗宝应元年（762年）春。上元元年（760年），杜甫在饱经离乱之后，在四川成都西郊浣花溪畔建成草堂，暂时有了安身之处。第二年（一说第三年）春暖花开时节，他独自在锦江江畔散步赏花，写下了《江畔独步寻花七绝句》这一组诗。

【诗词释义】

黄师塔前的一江春水向东流去，春天给人一种困倦的感觉，让人想倚着春风小憩。江畔盛开的那一簇桃花好像没有人管，你究竟是喜爱深红色的还是浅红色的呢？

【气象景观】

风是由空气流动引起的一种自然天气现象，它是由地表空气冷热不均引起的。太阳光照射在地球表面上，使地表气温升高，地表的空气受热膨胀变轻而往上升。热空气上升后，冷空气横向流入，上升的空气因逐渐冷却变重而下沉，由于地表温度较高又会加热空气使之上升，这种空气的流动就产生了风。

在气象学上，风常指空气的水平运动分量，包括方向和大小，即风向和风速。风速是指空气在单位时间内流动的水平距离。一般将风的大小分为18个等级，称为风力等级，简称风级。而人们平时在天气预报里听到的"东风3级"等说法指的是"蒲福风级"。"蒲福风级"是英国人蒲福（Francis Beaufort）于1805年根据风对地面（或海面）物体影响程度而定出的风力等级，共分为0～17级。微风为3级风，风速为3.4～5.4米/秒，在陆地上使得旌旗展开，在海面上使得小波峰顶破裂，浪高0.6米。

大风歌

大风起兮云飞扬，威加海内兮归故乡，安得猛士兮守四方！

【作者简介】

汉高祖刘邦（公元前256～前195年），字季，沛县丰邑中阳里人，人称沛公，汉朝开国皇帝，汉民族和汉文化的伟大开拓者之一、中国历史上杰出的政治家、卓越的战略家和指挥家。刘邦高瞻远瞩、深谋远虑，他的政治制度和对后世的安排使大汉延续了长达四百余年，是中国历史上最长的统一王朝。他的一套政治体制和经济制度为后世统治者所沿用。刘邦开创的大汉帝国可以说是中国历史上最强盛的朝代，令后国人景仰与怀念，他本身也令后世众多的人所怀念歌颂。刘邦写过两首诗歌《大风歌》《鸿鹄歌》，都很短，却能引起人们的共鸣、深入人心。

【创作背景】

公元前196年，刘邦亲自出征击败起兵反汉的淮南王英布，在得胜还军途中，刘邦顺路回了自己的故乡——沛县（今属江苏省），把昔日的亲朋好友都召来，共同欢饮十数日。一天酒酣，刘邦一面击筑，一面唱着这首自己即兴创作的《大风歌》，抒发了他远大的政治抱负，也表达了他对国事忧虑的复杂心情。

【诗词释义】

大风劲吹啊浮云飞扬，我统一了天下啊衣锦还乡，怎么样才能得到勇士啊为国家镇守四方！既是描写当时自然环境也是描写政治环境，当时大汉政权还不稳定，很多人有叛变之心。作者非常高明地运用风云突兀诡谲来寓意政治之嬗变，也暗喻当时惊心动魄的战争场面。

【气象景观】

气象中大风是指8级以上的风，风速达17.2～20.7米/秒，在陆地上能折毁树枝，海面上浪长高、有浪花，浪高5.5米。

襄邑道中

飞花两岸照船红,百里榆堤半日风。
卧看满天云不动,不知云与我俱东。

【作者简介】

陈与义(1090~1138年),字去非,号简斋,汉族,宋代河南洛阳人(现属河南省),北宋末、南宋初年的杰出爱国诗人,曾做过地方府学教授、太学博士、朝廷重臣。生平以诗著称,宋末方回所称江西诗派"一祖三宗",一祖是杜甫,三宗就是黄庭坚、陈师道和陈与义。南渡后,诗风有明显变化,由清新畅朗变为沉郁悲壮。也善于写词,风格与诗接近,豪放之中不乏清逸婉丽,有《简斋集》。

【创作背景】

这首诗作于政和七年(1117年),陈与义任开德府教授期满,入京待选,因此,志得意满,心情舒畅。于是便写下了这首即景抒怀诗。

【诗词释义】

两岸落花纷飞,把船帆也染上了淡淡的红色,帆船趁着顺风,一路轻扬,沿着长满榆树的大堤,半天就到达了离京城百里以外的地方。躺在船上望着天上的云,它们好像都纹丝不动,却不知道云和我都在向东前进。

【气象景观】

风力作为一种资源古已有之。古时,帆船是一种重要的交通工具,人们利用海上稳定的东南风和东北风进行航行、做生意,人们因此把这种风称作贸易风,又称作季风。

古人行船,最怕逆风。作者乘船赶路,最关心的是风向、风速。这首小诗,通篇都贯穿着一个"风"字。"飞花""半日""云不动""云与我俱东"写出了有风且是顺风,风速又大。如果不是既遇顺风、风速又大,那么天上的云便不会与船同步前进,移动得如此迅疾。

村 居

草长莺飞二月天,拂堤杨柳醉春烟。

儿童散学归来早,忙趁东风放纸鸢。

【作者简介】

高鼎(约1851~1861年),字象一、拙吾,仁和(今浙江省杭州市)人,清代后期诗人。其诗善于描写自然风光。有关他的生平及创作情况历史上记录下来的很少,而他的《村居》

诗却使他名传后世。代表作品有《村居》《早行》《怀李啸云》《虚堂》《偶书》《秋宵怀湖上》《拙吾诗稿》。

【创作背景】

诗人晚年遭受议和派的排斥和打击，志不得伸，归隐于上饶地区的农村。远离硝烟的田园村庄，早春二月，草长莺飞，杨柳拂堤，诗人有感于春天来临的喜悦而写下此诗。

【诗词释义】

早春二月，小草渐渐生长发芽，黄莺欢快地唱着歌飞来飞去。两岸的杨柳披着长长的枝条随风摆动，轻抚着堤岸，仿佛被这如烟的景色所迷醉了。村里的孩子们早早地就放学回家，赶忙趁着东风把风筝放上蓝天。

【气象景观】

东风：春风。中国东部地区（江西省上饶市属于东部地区）的春天，盛行东南季风。东风面：春风的面貌。在中国"东"和"西"这两个方位词总是可以替换"春"和"秋"这两个季节词，这是因为中国的季风气候使然。

中国是一个季风气候显著的国家。季风是由海洋和陆地的气压差引起的。简单地说，春夏来临，太阳很快把大陆晒热，陆地上的空气受热膨胀变轻而上升，气压变低；大海由于热惰性的缘故，升温较慢，此时与大陆相比，海洋上的气压高，因此，海洋上的空气向大陆流动。秋冬之际，这个过程正好相反。所谓季风就是指这样一年中方向有明显转变的海洋与陆地之间的大范围的空气流动。

中国的东面是浩瀚的太平洋，西面是欧亚内陆。因此，春天季风从东面或东南吹来，秋天季风从西面或西南吹来，因此，中国人把春风叫东风，把西风叫秋风。

凉州词

黄河远上白云间，一片孤城万仞山。
羌笛何须怨杨柳，春风不度玉门关。

【作者简介】

王之涣（详见第55页）。

【创作背景】

盛元年间，陇右节度使郭知运搜集了一批西域的曲谱，进献给了唐玄宗。唐玄宗交给教坊翻译成中国曲谱，并配上新的歌词演唱，以这些曲谱产生的地名为曲调名。

后来许多诗人都喜欢"凉州词"这个曲调，为它填写新词，因此，唐代许多诗人都写有《凉州词》，如王之涣、王翰和张籍等。

【诗词释义】

远望黄河的尽头，好像与白云连在一起，玉门关孤零零地耸立在高山之中。何必用羌笛吹起那哀怨的曲子《折杨柳》去埋怨春天来得迟呢，原来春风是吹不到玉门关这一带的啊！

【气象景观】

"春风"一词是指来源于太平洋上的东南季风。在我国，受夏季风影响明显的地区称为季风区，其他地区称为非季风区。季风区与非季风的分界线是：大兴安岭—阴山—贺兰山—巴颜喀拉山—冈底斯山一线，这条线以东以南为季风区，以西以北为非季风区。因为，玉门关正好位于甘肃省西北部、河西走廊的西端，在这条分界线以西，关外自然就得不到夏季风的滋润了。

龙 挂

成都六月天大风，发屋动地声势雄。

黑云崔嵬行风中，凛如鬼神塞虚空，霹雳迸火射地红。

上帝有命起伏龙，龙尾不卷曳天东。

壮哉雨点车轴同，山摧江溢路不通，连根拔出千尺松。

未言为人作年丰，伟观一洗芥蒂胸。

【作者简介】

陆游（详见第85页）。

【创作背景】

这首诗是诗人在成都为官时所写，他曾先后担任成都府安抚司和四川制置司的参议官。诗中描述了龙卷风出现时，伴有大风、雷电和暴雨，并造成了"山摧江溢路不通"的次生灾害。

【诗词释义】

六月的成都风很大，掀天动地气势雄伟。积雨云垂直发展旺盛，云色乌黑，从地面望去，好像耸立于天空的一座座大山，像鬼神一样恐怖得让人发虚。雷电喷涌，火光把地面都映射红了。上帝命它为起伏龙，起伏龙的漏斗状下垂尾巴，一边旋转，一边拖着它前进，雨点像车轴一样大，山被摧毁，江水溢出，路也被阻挡，能连根拔出千尺松。没指望这场雨能给人们带来丰收，但看到了龙卷风的奇伟壮观之后,使胸襟为之洞开。

【气象景观】

龙卷风是一个猛烈旋转着的圆形空气柱,它的上端与雷雨云相接,下端有的悬在半空中,有的直接延伸到地面或水面,一边旋转,一边向前移动。发生在水面上,犹如"龙吸水"的现象,为"水龙卷";出现在陆地上,为"陆龙卷"。

你可以把龙卷风想象成一杯茶水,用根筷子在茶杯里搅一下,中间就会形成一个漩涡,此时中心气压非常低,周围的茶叶自然往中间跑,然后往上升,这就是龙卷风周围的人和物易被吸入其中的道理。

龙卷风常发生在夏季的雷雨天气出现时,尤以下午至傍晚最为多见,影响范围虽小,但破坏力极大。

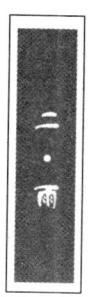

二·雨

　　雨景在我国不同的地方、不同的季节，给人的感觉是不同的。有"清明时节雨纷纷"的烟雨，有"黄梅时节家家雨"的梅雨，有"东边日出西边雨"的对流雨，有"巴山夜雨涨秋池"的地形雨，在诗人的笔下，不管是哪一种雨，都有它不同的美感。在我国各地的雨景中，江南春雨、巴山夜雨等，都是著名的雨景，极为国内外游人所称道。雨有烟雨（锋面雨）、梅雨、对流雨、地形雨等。

清　明

　　清明时节雨纷纷，路上行人欲断魂。
　　借问酒家何处有，牧童遥指杏花村。

【作者简介】

　　杜牧（约803—852年），字牧之，号樊川居士，汉族，京兆万年（今陕西省西安市）人，晚唐杰出诗人、散文家。杜牧的文学创作有多方面的成就，诗、赋、古文都堪称名家。晚唐诗歌总体趋向是藻绘绮密，杜牧受到时代风气的影响,也注重辞彩。这种重辞彩的共同倾向和他个人"雄姿英发"的特色相结合,形成了一种风华流美而又神韵舒朗,气势豪宕而又精致婉约的艺术风格。人称"小杜",以别于杜甫,与李商隐并称"小李杜"。著作甚富,主要著有《樊川文集》,《旧唐书》卷百四十七,《新唐书》卷百六十六,《阿房宫赋》为后世传诵。

【创作背景】

据《江南通志》记载:杜牧任池州刺史时,曾经来到诗中所指的杏花村饮酒,附近有杜湖、东南湖等胜景。

【诗词释义】

清明节这天细雨纷纷,路上的行人好像断魂一样迷乱凄凉。向路人询问哪里有酒家,牧童远远地指向杏花村。

【气象景观】

"纷纷"若是形容下雪,那肯定是大雪,但是形容雨,情况却相反,那种叫人感到"纷纷"的,绝不是大雨,而是细雨。这细雨,也正就是春雨的特色。它不同于夏天如倾如注的暴雨,也和那种淅淅沥沥的秋雨不是一个味道。

江南春雨始于清明节前后。"清明时节雨纷纷"揭开了江南春雨的面纱。气象上定义江南春雨为:3月下旬至5月上旬停滞在江南地区(北纬25~29度)的一段阴雨天气。冷空气南下与来自南方开始活跃的暖湿气流恰于清明前后在江南地区相遇,产生锋面降水,即为江南春雨。因冷暖空气经常交汇于此,从而形成阴雨绵绵的天气,所以清明前后,江南地区的人们对春雨的感受尤为深刻。

台 城

江雨霏霏江草齐,六朝如梦鸟空啼。
无情最是台城柳,依旧烟笼十里堤。

【作者简介】

韦庄(约836~910年),字端己,杜陵(今中国陕西省西安市附近)人,晚唐诗人、花间派词人,亦善书法。韦庄工诗,与温庭筠齐名,并称"温韦"。曾任前蜀宰相,谥文靖。韦庄一生经历,可分前后两期。前期为仕唐时期,这一时期的创作主要是诗歌,其诗多以伤时、感旧、离情、怀古为主题。后期为仕蜀时期,这一时期的创作主要是词,其词多写自身的生活体验和上层社会之冶游享乐生活及离情别绪,善用白描手法,词风清丽。所著长诗《秦妇吟》反映战乱中妇女的不幸遭遇,在当时颇负盛名,与《孔雀东南飞》《木兰诗》并称"乐府三绝"。有《浣花集》十卷,后人又辑其词作为《浣花词》。《全唐诗》录其诗三百一十六首。

【创作背景】

中和三年(883年),韦庄客游江南,于金陵凭吊六朝遗迹,感叹历史兴亡,便成此吊古伤今之作。

【诗词释义】

江上的春雨密而且细,江边绿草如茵,六朝往事如梦,只剩下春鸟悲啼。最无情的就是那台城的杨柳,依然在烟雾笼罩的十里长堤边随风飘曳。

【气象景观】

"江雨霏霏江草齐"是指江南的春雨密密麻麻细如牛毛,霏霏细雨如烟似雾般地笼罩着大地。江南春雨降雨量较小,诗中形象把春雨那种细雨霏霏、似有若无的感觉表现得淋漓尽致。

渔歌子

西塞山前白鹭飞,桃花流水鳜鱼肥。
青箬笠,绿蓑衣,斜风细雨不须归。

【作者简介】

张志和(732~774年),字子同,初名龟龄,自号"烟波钓徒",又号"玄真子"。汉族,婺州(今浙江省金华市)人,唐代著名道士、词人和诗人。张志和博学多才,歌词诗话都有很高成就。他常常喝酒喝到兴起时,击鼓吹笛,吟诗作画,顷刻即成。著有《玄真子》,《全唐诗》录其九首诗词。

【创作背景】

唐代宗大历七年（772年）九月，颜真卿任湖州刺史，次年到任。时值暮春，桃花水涨，鳜鱼肥美，张志和驾舟去拜见他，两人即兴唱和，作词五首，这首是其中之一。

【诗词释义】

西塞山前白鹭在自由地翱翔，桃花盛开，肥美的鳜鱼在江中欢快地游着。渔父戴着青色的箬笠，披着绿色的蓑衣，冒着斜风细雨，悠然自得地垂钓，天下雨了都不回家。

【气象景观】

"青箬笠，绿蓑衣，斜风细雨不须归"仿佛让我们置身于轻如牛毛，细如花针的蒙蒙春雨之中。

江南春绝句

千里莺啼绿映红，水村山郭酒旗风。

南朝四百八十寺，多少楼台烟雨中。

【作者简介】

杜牧（详见第99页）。

【创作背景】

这首山水诗，选自《樊川诗集》，描绘了明媚的江南春光，再现了江南烟雨蒙蒙的楼台景色，使江南风光更加神奇迷离，别有一番情趣，表现了诗人对江南景物的赞美与神往。

【诗词释义】

千里江南，到处莺歌燕舞，桃红柳绿，临水的村庄，依山的城郭，到处都有迎风招展的酒旗。昔日到处是香烟缭绕的寺庙，如今亭台楼阁都矗立在朦胧的烟雨中。

【气象景观】

"南朝四百八十寺，多少楼台烟雨中"再现了江南烟雨蒙蒙的楼台景色，一副烟雨朦胧的江南春景呈现在读者面前。

春夜喜雨

好雨知时节，当春乃发生。
随风潜入夜，润物细无声。
野径云俱黑，江船火独明。
晓看红湿处，花重锦官城。

【作者简介】

杜甫（详见第88页）。

【创作背景】

这首诗写于上元二年（761年）春。杜甫因陕西旱灾而来到四川成都定居，结束了之前流离转徙的生活。作此诗时，他已在成都草堂定居两年。他亲自耕作，种菜养花，与农民交往，对春雨之情很深，因而写下了这首描写春夜降雨、润泽万物的美景诗作。

【诗词释义】

这及时雨好像知道时节似的，在春天万物生长之时降临。随着春风悄悄来到，无声地滋润着万物。田野小径的天空一片昏暗，唯有江边渔船上的一点渔火放射出亮光。等天亮的时候，那潮湿的泥土上必定布满了红色的花瓣，锦官城里也一定是一片万紫千红的景象。

【气象景观】

"随风潜入夜，润物细无声"，描绘的是春雨，反映的是暖锋天气。依据是受该天气系统影响，没有明显的降温过程，而是"润物细无声"。暖锋是指暖气团主动向冷气团移动的锋。暖气团沿冷气团徐徐爬升，多产生连续性降水。暖锋过境后，由于受单一的暖气团控制，因而气温上升，气压下降，天气晴朗。

约 客

黄梅时节家家雨，青草池塘处处蛙。
有约不来过夜半，闲敲棋子落灯花。

【作者简介】

赵师秀（1170～1219年），字紫芝，号灵秀、灵芝、天乐，人称"鬼才"，永嘉（今浙江省温州市）人，宋太祖八世孙，南宋诗人。光宗绍熙元年（1190年）进士，与徐照（字灵晖）、徐玑（字灵渊）、翁卷（字灵舒）并称"永嘉四灵"。开创了"江湖派"一代风。宁宗庆元元年（1195年）任上元主簿，后为筠州（今江西省高安市）推官。仕途不佳，自言"官是三年满，身无一事忙"。晚年宦游，寓居钱塘（今浙江省杭州市），逝于临安，葬于西湖。有《赵师秀集》二卷，别本《天乐堂集》一卷，已佚。其《清苑斋集》一卷，有《南宋群贤小集》《永嘉诗人祠堂丛刻》。

【创作背景】

黄梅时节的夜晚，下着蒙蒙细雨，乡村的池塘传来阵阵蛙鸣。诗人赵师秀约一位朋友来做客，可等到半夜也没有来。只好一个人伴着油灯，无聊地敲着棋子，含而不露地表现了寂寞的心情。

【诗词释义】

梅子黄时，家家都被笼罩在蒙蒙细雨中，长满青草的池塘边上，传来阵阵蛙声。约请一位友人来做客，可等到半夜他还没有来，我只能无聊地敲着棋子，不料震落了灯芯落在了棋盘上。

【气象景观】

江南春雨方唱罢，江淮梅雨又登场。梅雨是初夏江淮流域一带经常出现的一段持续时间较长的阴沉多雨天气。在气象学上，把梅雨开始和结束的时间，分别称为"入梅"（或"立梅"）和"出梅"（或"断梅"）。我国长江中下游地区，平均每年6月中旬入梅，7月上旬出梅，历时20多天，但是，对各具体年份来说，梅雨开始和结束的早晚、梅雨的强弱等，存在着很大差异。因为此时正值江南梅子黄熟之时，故称"梅雨"或"黄梅雨"。

"家家雨"指处处皆雨，描绘了梅雨范围广。

青玉案

凌波不过横塘路,但目送,芳尘去。锦瑟年华谁与度?
月桥花院,琐窗朱户,只有春知处。
碧云冉冉蘅皋暮,彩笔新题断肠句。试问闲愁都几许?
一川烟草,满城风絮,梅子黄时雨。

【作者简介】

贺铸(1052~1125年),字方回,号庆湖遗老,汉族,卫州(今河南省卫辉市)人,北宋词人。一生只做过一些小官。晚年退居苏州。他的词情思缠绵,组织工丽,时或沉郁挺拔,时或豪爽峻迈。作品内容也较丰富,开南宋张孝祥、辛弃疾等爱国、豪放词之先河。代表作有《青玉案·横塘路》《鹧鸪天·半死桐》《芳心苦(踏莎行·杨柳回塘)》《生查子·陌上郎》《浣溪沙》《捣练子·杵声齐》《思越人》《行路难·小梅花》《凌歊·控沧江》《捣练子·望书归》《采桑子》等。

【创作背景】

贺铸一生沉抑下僚,怀才不遇,他为人耿直,不媚权贵,"美人""香草"历来是高洁之士的象征,居住在香草泽畔的美人清冷孤寂,正是作者怀才不遇的形象写照。

【诗词释义】

你步履轻盈从横塘前匆匆走过,我只有目送你的倩影慢慢离去。不知道你与谁相伴共度这美好时光?月桥花屋朱门映着美丽花窗,只有春风才知道你的归处。碧云飘飘的杜蘅洲暮色茫茫,我用彩笔写下这伤心的诗句。如果要问我的忧伤有多深多长?那就像一川烟雨笼罩的青草,满城随风飘舞的飞絮和梅子黄时的雨,无边无际。

【气象景观】

"一川烟草,满城风絮,梅子黄时雨。"提到了梅雨期间梅子黄熟这一重要的物候特征。

三衢道中

梅子黄时日日晴,小溪泛尽却山行。
绿阴不减来时路,添得黄鹂四五声。

【作者简介】

曾几(1085~1166年),字吉甫,自号茶山居士,祖籍赣州(今江西省赣县)人,后徙居河南府(今河南省洛阳市），中国南宋诗人。历任江西、浙西提刑、秘书少监、礼部侍郎。曾几学识渊博，勤于政事。曾几的创作是非常丰富的，从诗歌题材上说有爱国诗，有悯农诗，有写景状物的山野情趣诗，还有交游、评述诗。形式上以七律和绝句为主，风格清新、活泼、恬淡。因其对江西诗派的继承与创造性发展为后世所称道，后人将其归入江西诗派。所著《易释象》及文集已佚。《四库全书》有《茶山集》八卷，辑自《永乐大典》。

【创作背景】

诗人曾几也是一位旅游爱好者，这首诗写出了他游浙江衢州三衢山时对旅途风景的新鲜感受。

【诗词释义】

梅子黄透的五月，每天都是晴朗的天气。坐着小船游到了小溪的尽头，再改道走山路。山路上一路绿荫浓浓并不比来的时候看到的少，而绿荫深处传来黄鹂的声声啼鸣，比来时更增添了不少游兴。

【气象景观】

梅子黄时节应该是家家雨，为何这里却是日日晴呢？有些年份从初夏开始，长江流域一直没有出现连续的阴雨天气，多数日子是白天晴朗暖和，早晚非常凉爽，出现了"黄梅时节燥松松"的天气。本来在梅雨时节经常会出现的衣服发霉现象，也几乎没有发生。这段凉爽的天气一过，接着就转入了盛夏，这样的年份称为"空梅"。

正是因为江淮地区个别年份会出现"空梅",所以诗人在梅雨时节"日日晴"之时,得以"小溪泛尽却山行",潇洒走一回了。

竹枝词

杨柳青青江水平,闻郎江上唱歌声。
东边日出西边雨,道是无晴却有晴。

【作者简介】

刘禹锡(详见第22页)。

【创作背景】

《竹枝词》是古代四川东部的一种民歌,用鼓和短笛伴奏,人们边舞边唱。赛歌时,谁唱得最多,谁就是优胜者。刘禹锡任夔州刺史时,非常喜爱这种民歌,他制成了新的《竹枝词》,描写当地山水风俗和男女爱情,富有生活气息。

【诗词释义】

江边的杨柳青青，水面平静，忽然听到江面上情郎唱歌的声音。东边太阳高照，西边却下着雨，说是没有晴天吧，却还有天晴的地方。

【气象景观】

"东边日出西边雨"这就是对流性降雨的极好写照，说明在同一时刻，不同的地方天气是不相同的，即便是靠得很近的地方。从诗句中我们能体会出对流雨的特点是：降水强度大，范围小，历时短等。

如果下垫面高温潮湿，近地面空气强烈受热，引起空气的对流运动，湿热空气在上升过程中，随气温的下降，形成对流云而产生降水，比如积雨云和浓积云，条件一定时即可产生降水。对流雨的特点是强度大，历时短，范围小，还常伴有暴风、雷电，故又称为热雷雨。在热带雨林气候区和夏季的亚热带季风气候区多见。

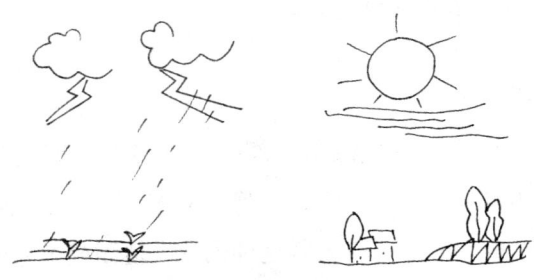

登柳州城楼寄漳汀封连四州刺史

城上高楼接大荒,海天愁思正茫茫。
惊风乱飐芙蓉水,密雨斜侵薜荔墙。
岭树重遮千里目,江流曲似九回肠。
共来百越文身地,犹自音书滞一乡。

【作者简介】

柳宗元(773~819年),字子厚,世称"柳河东""河东先生""柳柳州",汉族,河东(现在山西省芮城、运城市一带)人,唐代文学家、哲学家、散文家和思想家,唐宋八大家之一。柳宗元出生官宦世家,少时即有才学,文以辞采华丽著名。柳宗元一生留诗文作品达六百余篇,他的散文成就要高于诗歌。存诗较少,共一百四十余首,其中不乏传世之作。他以自己的生活经历为基础,并借鉴前人的艺术成就,创造出独特的诗风。现存的诗作,绝大部分是贬谪以后的作品,题材广泛,体裁多样。柳宗元以慷慨悲壮见长的律诗《登柳州城楼寄漳汀封连四州刺史》是唐代七律名篇,绝句《江雪》在唐代绝句中也是不可多得的佳作。

【创作背景】

这首诗是唐宪宗元和十年(815年)秋天在柳州所作。柳宗元等人因参加王叔文领导的永贞革新运动而遭贬,这就是著名的"二王八司马"事件。元和十年,柳宗元等人被召至京师,大臣中虽有人主张起用他们,终因有人梗阻,柳宗元改谪柳州刺史。多年的贬谪生活使柳宗元倍感仕途险恶、人生艰难。元和十年诗人到达柳州以后,登楼之际,面对异乡风物,不禁百感交集,写下此诗。

【诗词释义】

柳州城上的高楼,接连着旷野荒原;我的愁绪像茫茫的海天,无限宽广。狂风四起,吹乱了水上的芙蓉;暴雨倾盆,斜打着爬满薜荔的土墙。岭上树木重重,遮住了远望的视线;柳江弯弯曲曲,像百结九转的愁肠。我们五人同时被贬到百越纹身之地,而今依然音讯不通,各自滞留一方。

【气象景观】

"惊风乱飐芙蓉水,密雨斜侵薜荔墙",细致地描绘出风急雨骤的景象。

对流性降雨,是四大降水形式之一,是因冷暖气流呈上下对流运动成云致雨而得名。对流雨时常出现于热带或温带的夏季午后,以热带赤道地区最为常见。因日照很强,蒸发旺盛,空气受热膨胀上升,至高空冷却,凝结成雨。对流雨来临前常有大风,大风可拔起直径50厘米的大树,并伴有闪电和雷声,有时还下冰雹。雨滴大而重,倾盆急降,且雷电交加,声势吓人,称为雷雨。

六月二十七日望湖楼醉书

黑云翻墨未遮山,白雨跳珠乱入船。
卷地风来忽吹散,望湖楼下水如天。

【作者简介】

苏轼(详见第12页)。

【创作背景】

这首诗是苏轼居住杭州期间创作的一组(共五首)七言绝句之一。作者描写了自己在望湖楼上饮酒时所见到的西湖山雨欲来和雨过天晴后的景色。

【诗词释义】

乌云像打翻的黑墨水一样,还好并没有遮住所有的山头,大雨激起的水花如珍珠一般飞溅入船。忽然间狂风卷地而来,把雨吹散,风雨过后,西湖的水碧波如镜。

【气象景观】

第一句写云,第二句写雨,第三句写风。翻墨:打翻的黑墨水,形容云层很黑。白雨:指夏日对流雨的特殊景观,因雨点大而猛,在湖光山色的衬托下,显得白而透明。跳珠:跳动的珍珠,形容雨大势急。卷地风来:指狂风席地卷来。云:移的快、黑;雨:白、乱、快;风:大、急。

溪上遇雨二首

回塘雨脚如缫丝,野禽不起沈鱼飞。
耕蓑钓笠取未暇,秋田有望从淋漓。
坐看黑云衔猛雨,喷洒前山此独晴。
忽惊云雨在头上,却是山前晚照明。

【作者简介】

崔道融(生卒年不详),号东瓯散人、人称江陵才子,荆州江陵(今湖北省江陵县)人,唐末诗人。累官至右补阙。擅长作诗、工绝句。其中,一些作品较有社会意义,如《西施滩》否定"女人祸水"的传统观念,为西施鸣不平。《田上》写农民冒雨夜耕的辛劳。《寄人》《寒食夜》等诗亦为佳作。崔道融的诗作流传的不多,其风格或清新或凝重,比较多样。其中,《牧竖》一诗流传较广。僖宗乾符二年(875年),于永嘉山斋集诗五百首,辑为《申唐诗》三卷。另有《东浮集》九卷,当为入闽后所作。《全唐诗》录存其诗近八十首。

【创作背景】

《溪上遇雨二首》是唐代诗人崔道融所著的七绝唐诗,这是其中一首诗中有画的写景诗,又是一首哲理诗,哲理蕴含在对溪流景色的描绘之中。

【诗词释义】

环曲的池塘水面,雨水像在抽丝一般密织,野禽因为雨势太大无法起飞,鱼儿却惊得在水面上飞跃起来。耕种的人和垂钓者都来不及取回蓑衣和斗笠,秋季的田地多么期待这么一场酣畅淋漓的大雨啊。

我坐看浓密的乌云含着雨水喷洒在前方的山峦上,而这里却依然阳光灿烂。忽然滚滚乌云挟带着骤雨,已泻到了我的头上!不过我却意外地发现:前山的山峰上,已经映照着一抹夕阳的余晖!

【气象景观】

"坐看黑云衔猛雨,喷洒前山此独晴"是指黑云衔带着豆大的雨点喷洒而至前山,而我所坐的地方却晴朗无雨。说明雨是空气在沿着山坡向上爬升的过程中形成的,符合地形雨的形成特点。

地形雨指因地形的阻挡作用产生的降水。地形雨是湿润气流遇到山脉等高地阻挡时被迫抬升而气温降低形成的降水。形成降水的山坡正好是迎风的一面,在暖湿气流过山时,如果大气处于不稳定状态,也可以产生积状云、形成对流雨;如果气流过山时的上升运动,同山坡前的热力对流空气结合在一起,积状云就会发展成积雨云,形成对流性降水。在锋面移动过程中,如果其前进方向有山脉阻拦,锋面移动速度就会减慢,降水区域扩大、降水强度增强、降水时间延长,可持续10~15天以上。

夜雨寄北

君问归期未有期,巴山夜雨涨秋池。
何当共剪西窗烛,却话巴山夜雨时。

【作者简介】

李商隐(详见第50页)。

【创作背景】

这首诗是诗人李商隐身居遥远的异乡巴蜀写给在长安的妻子的一首抒情七言绝句。诗人用朴实无华的文字,写出他对妻子的一片深情。

【诗词释义】

您问我何时归来,但我的归期没有定,今晚巴山下着大雨,雨水已经涨满了池子。什么时候才能够在家中,和您一起在西窗下面秉烛长谈,来说说我独居巴山旅馆中面对夜雨时的情景呢?

【气象景观】

"夜雨"是指晚八时以后,到第二天早晨八时以前下的雨。"巴山夜雨"泛指多夜雨的我国西南山地(包括四川盆地地区)。这些地方巴山夜雨现象的夜雨量一般都占全年降水量的60%以上,例如,重庆市、峨眉山市分别占61%和67%;贵州高原上的遵义市、贵阳市分别占58%和67%。我国其他地方也有多夜雨的，但夜雨次数、夜降水量及影响范围都不如巴山和四川盆地。

四川盆地夜雨多的原因，主要是由于盆地内空气潮湿，天空多云。云层遮挡了部分太阳辐射，白天云下气温不易升高，对流不易发展。夜间云层能够吸收来自地面辐射的热量，再以逆辐射的方式，把热量输送给地面，所以，云层对地面有保温作用，使夜间云下气温不致过低。可是云层本身善于辐射散热，其上层由于辐射散热，温度降低，低于云下气温，这就形成云层上冷下暖的状况，于是上下空气就发生对流，云层发展，出现降雨现象。

"蓝蓝的天上白云飘,白云下面马儿跑。"多么好的歌!多么好的画面啊!要是大气里老是这样,那多漂亮啊!可惜,大气的面孔是多变的。有时蓝天白云,有时乌云滚滚。黑云压城城欲摧,让人们简直透不过气来。

云

千形万象竟还空,映水藏山片复重。

无限旱苗枯欲尽,悠悠闲处作奇峰。

【作者简介】

来鹄(?~883年),自称"乡校小臣",豫章(今江西省南昌市)人,唐朝诗人。少有大志,广学权谋机变之术,得鬼谷子真传,又能为政,有汉张子房之风。工诗,诗风清丽。其诗多写旅居漂流、穷愁困苦,亦有关注民间疾苦之作。自伤年长而家贫不达,颇亦忿忿,故诗多讥讪,如"无限旱苗枯欲尽,悠悠闲处作奇峰"(《云》);"晓夕采桑多苦辛，好花时节不闲身。若教解爱繁华事，冻杀黄金屋里人"（《蚕妇》）。曾作七律《寒食山馆书情》，以遣羁旅愁怀，当时传为佳作。《全唐诗》存其诗二十九首。来鹄的作品有诗集一卷，但今已不传。

【创作背景】

诗人用一个劳动者的眼光和感情来观察、描绘云，以变幻多姿的夏云为喻，表达了他厌恶憎恨社会上那些看似"解民倒悬"，实际上却"不问苍生"的权势者。

【诗词释义】

云的形态千变万化，实际上却是空无一物。映在水里，可把山挡住，时而一片片，时而重重叠叠。许多的禾苗都将干枯而死，那云仍然高高在上，悠闲地变幻成山峰自我欣赏。

【气象景观】

千形万象指云的形态变化无穷。片复重是指时而一片片、一朵朵，时而重重叠叠。云是大气中水汽凝结（凝华）成的水滴、过冷水滴、冰晶或者它们混合组成的漂浮在空中的可见聚合物。云是地球上庞大水循环的有形的结果。太阳照在地球表面，水蒸发形成水蒸气，一旦水汽过饱和，水分子就会聚集在空气中的微尘（凝结核）周围，由此产生的水滴或冰晶将阳光散射到各个方向，这就产生了云的外观。按云的形状、组成、形成原因等把云分为3族：高云族、中云族、低云族。族下分10属，属下再分29类。

寻隐者不遇

松下问童子,言师采药去。
只在此山中,云深不知处。

【作者简介】

贾岛(779~843年),字浪仙,范阳(今北京市房山区)人,唐代诗人。早年出家为僧,号无本。贾岛的诗歌风格在晚唐行成流派,影响很大。晚唐李洞等人十分尊崇贾岛,甚至对他的画像和诗集焚香礼拜,奉若神明。著有《长江集》十卷,他的诗多是写自然景物和闲居情志,以清奇凄苦著名。代表作有《寻隐者不遇》《剑客》《题李凝幽居》等。

【创作背景】

这首诗是诗人贾岛到山中寻访一位隐者未能遇到有感而作的。隐者可能是贾岛的山友长孙霞(以采药为生,济世活人),所以,贾岛对他有高山仰止的钦慕之情。钦慕而不遇,突出诗人的怅惘之情。

【诗词释义】

松树下,我询问了隐者的徒弟,他告诉我说,师傅已经采药去了。就在这座大山中,可是云深林密,我也不知道他到底在哪里。

【气象景观】

云深指山上云雾缭绕。山上的云雾其实是一种小水滴,因为山中的树木多,进而水分就会非常多,而水分向上蒸发,山上面气温较低(海拔每增高100米,气温下降0.6 ℃),蒸汽遇冷后就会出现液化现象,形成很小的水滴,因为非常小,所以不会落下来形成雨,但是如果积少成多,也会负荷不住,下起雨来。

雁门太守行

黑云压城城欲摧,甲光向日金鳞开。
角声满天秋色里,塞上燕脂凝夜紫。
半卷红旗临易水,霜重鼓寒声不起。
报君黄金台上意,提携玉龙为君死。

【作者简介】

李贺(详见第56页)。

【创作背景】

这首诗写于元和二年(807年),平定藩镇叛乱的战争期间,当时李贺仅17岁。此诗塑造出一位激昂慷慨、逆境奋战、誓死疆场的英雄人物形象。最后以"报君黄金台上意"作结,反映了作者投笔从戎,建功立业,但又得不到赏识的一种"英雄无用"的悲哀。

【诗词释义】

敌军似乌云压境,危城似乎要被摧垮;阳光照射在鱼鳞一般的铠甲上,金光闪闪。号角的声音在这秋色里响彻天空,夜色中,战士们的鲜血凝成暗紫色。寒风卷动着红旗,部队临境易水,凝重的霜湿透了鼓皮,鼓声低沉。为了报答国君的赏赐和厚爱,手持宝剑甘愿为国血战到死。

【气象景观】

黑云是指厚厚的乌云。这里指攻城敌军的气势。天空有各种不同颜色的云,有的洁白如絮,有的是乌黑一块,有的是灰蒙蒙一片,有的发出红色和紫色的光彩。其实云的厚薄和含水状况决定了其颜色,我们所见到的各种云的厚薄相差很大,厚的可达7~8千米,薄的只有几十米。有满布天空的层状云,孤立的积状云,以及波状云等许多种。很厚的层状云,或者积雨云,太阳和月亮的光线很难透射过来,看上去云体就很黑。

孤 雁

孤雁不饮啄,飞鸣声念群。
谁怜一片影,相失万重云?
望尽似犹见,哀多如更闻。
野鸦无意绪,鸣噪自纷纷。

【作者简介】

杜甫(详见第88页)。

【创作背景】

这首诗作于大历初年杜甫旅居夔州期间。由于四川政局混乱,杜甫带着家人离开成都,乘船沿长江出川,滞留夔州。诗人晚年多病,故交零落,处境艰难,心中充满失意之感和哀伤之情。这首《孤雁》诗,表达的就是乱离漂泊中失群人的痛苦心情。

【诗词释义】

一只离群的大雁,不喝水不啄食,一个劲地飞着叫着,追寻着它的伙伴。又有谁来怜惜这一只和雁群相失在云海间的孤雁呢?它望尽天涯,仿佛伙伴们就在眼前,它哀鸣声声,好像听到了同类的呼唤。野鸦们全然不懂孤雁的心情,只顾在那里纷纷鸣噪不休。

【气象景观】

万重云是指天高路远,云海弥漫。云海是自然景观,云海是山岳风景的重要景观之一。所谓云海，是指在一定的条件下形成的云层，并且云顶高度低于山顶高度。当人们在高山之巅俯首云层时，看到的是漫无边际的云，如临于大海之滨，波起峰涌，浪花飞溅，惊涛拍岸，故称这一现象为"云海"。

我国很多山地都是欣赏云海的佳境。如黄山的云海就是其"四绝"之一。庐山、峨眉山、阿里山、泰山等地的云海也是远近闻名。古诗云"曾经沧海难为水，除却巫山不是云"，这只是诗人的偏爱，其实我国湿润、半湿润地区的山地，甚至是一些海拔较高的丘陵，都可以欣赏到云海奇观，只是云海的气势、形态、浓淡等有差别。

第七部分

霜·雾·冰·雪

　　大气中的水分来自海洋和陆地上的各种水体以及土壤与植物的蒸发，它又通过气流运动得以输送和交换。大气中水分含量虽不多，但其存在却表现为复杂的天气现象的要素，霜雾冰雪就是其中的一部分。

晚秋到早春期间容易出现在屋外地面或者地物上的一种类似于雪的白色晶体,这种晶体就是霜。

枫桥夜泊

月落乌啼霜满天,江枫渔火对愁眠。
姑苏城外寒山寺,夜半钟声到客船。

【作者简介】

张继(约715~779年),字懿孙,襄州(今湖北省襄阳市)人,唐代诗人。天宝十二年(753年)进士,曾担任过军事幕僚,后来又做过盐铁判官,也属于幕僚职务。《唐才子传》中说他"博览有识,好谈论,知治体",提到他是一位重视气节,有抱负、有理想的人,不仅有诗名,品格也受人敬重。他所作多是登临纪行的游记诗歌,他作诗不事雕琢,有诗集《张祠部诗集》流传后世。张继的诗歌中最著名的当属《枫桥夜泊》,他构思细密,将六景一事蕴涵在四句诗中,构造出清幽寂远的意境。"寒山寺"也拜其所赐,成为远近驰名的游览胜地。

【创作背景】

根据《唐才子传》卷三记载,张继于天宝十二年(753年)考取了进士。而就在天宝十四年一月安史之乱爆发了,天宝十五年六月,玄宗仓皇奔蜀。因为当时江南政局比较安定,诗人与其他文士一样,逃到今江苏省、浙江省一带避乱。江南水乡秋夜幽美的景色,吸引着这位怀着旅愁的客子,诗人泊舟苏州城外的枫桥,写下了这首意境清远的小诗。

【诗词释义】

月亮已经落下,乌鸦啼叫寒气满天,对着江边枫树和渔火忧愁而眠。苏州城外的寒山古寺,半夜里敲钟的声音传到了我的客船里。

【气象景观】

"霜满天"的描写,并不符合自然景观的实际(霜在地而不在天),却完全切合诗人的感受:深夜侵肌砭骨的寒意,从四面八方围向诗人夜泊的小舟,使他感到身外的茫茫夜气中正弥漫着满天霜华。

霜是一种白色的冰晶,多形成于夜间。少数情况下,在日落以前太阳斜照的时候也能形成。通常,日出后不久霜就融化了。但是在天气严寒的时候或者在背阴的地方,霜也能终日不消。

霜的形成不仅和当时的天气条件有关,而且与所附着物体的属性也有关。当物体表面的温度很低,而物体表面附近的空气温度却比较高,那么在空气和物体表面之间就会有存在一个温度差,如果物体表面与空气之间的温度差主要是由物体表面辐射冷却造成的,则在较暖的空气和较冷的物体表面相接触时空气就会冷却,达到水汽过饱和的时候多余的水汽就会析出。如果气温在0 ℃以下,则多余的水汽就在物体表面上凝华为冰晶,这就是霜。因此,霜总是在有利于物体表面辐射冷却的天气条件下形成。

秋词二首(其二)

山明水净夜来霜,数树深红出浅黄。
试上高楼清入骨,岂如春色嗾人狂。

【作者简介】

刘禹锡(详见第22页)。

【创作背景】

这首诗是作者第一次被贬郎州(今湖南省常德市)时所

写,他虽被贬谪,却不悲观消沉。诗人一反历来他人悲秋的情调,以奔放的热情、生动的画面,热情赞美秋日风光的美好,唱出了一首昂扬奋发的励志之歌。

【诗词释义】

山明水净,夜晚已经有霜出现;大多数的树叶由绿色转为浅黄色,其中却有几棵树叶变成红色,格外显眼;登上高楼,感觉有一股彻骨的清风吹来,却不会像繁华浓艳的春色那样使人轻浮若狂。

【气象景观】

"山明水净夜来霜"是指深秋晴朗的夜晚,天空少云,大气逆辐射弱,地面得到大气补偿的能量少,近地面气温下降快,当地面气温降到0 ℃以下,水汽就会凝结成霜。

"数树深红出浅黄"是指秋季最明显的变化在树木。秋季随着气温的下降,许多落叶多年生植物的叶子会渐渐变色,秋染树叶色彩斑斓,红中透黄。

山 行

远上寒山石径斜,

白云生处有人家。

停车坐爱枫林晚,

霜叶红于二月花。

【作者简介】

杜牧（详见第99页）。

【创作背景】

这首诗是诗人杜牧的一首描写和赞美深秋山林景色的七言绝句。诗人在秋来临之际，没有像封建文人一样触景伤情，而是歌颂大自然之美，这也是诗人豪爽向上的精神世界的表露，同时也表现出诗人自己的目标和志向！

【诗词释义】

一条石路蜿蜒曲折远远地伸向山顶，在白云升腾的地方有几户人家。停下车来只因为喜爱这傍晚的枫林，经霜染过的枫叶比二月的鲜花还要红。

【气象景观】

古人认为秋天的红叶是由于"霜打"而形成的。树叶的变红与白霜本身无关，而是低温使根部吸水并进入叶子中的水分减少，因而，使叶绿素生成少而破坏多，花青素

（主要是红色）显现的结果。因为叶子变红实际上常常在地面气温降到0℃以前就出现了。总之，霜以作物冻害而蒙受"千古奇冤"，又以红叶佳景而坐享"百世流芳"。在气象学中的其他气象要素和天气现象，以至于世间其他事物，大概再没有像它那样兼有如此大"功"、大"罪"于一身的戏剧故事了。

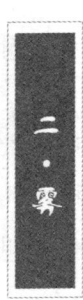

二·雾

雾给人一种梦幻般的感觉，朦朦胧胧，隐隐约约。然而，正是它那咫尺难辨的特性，使得它有时虽然不像风雨雷电般惊心动魄，却能以"温柔杀手"的形式于无声处给人们带来不少危害。出现浓雾，能见度极差，视野模糊不清，容易引发交通事故；对于农业来说，多雾的地区，日光照射时间不足，会使农作物延迟开花，生长不良，从而影响或降低产品的质量和产量。

踏莎行·郴州旅舍

雾失楼台，月迷津渡。桃源望断无寻处。
可堪孤馆闭春寒，杜鹃声里斜阳暮。
驿寄梅花，鱼传尺素。砌成此恨无重数。
郴江幸自绕郴山，为谁流下潇湘去。

【作者简介】

秦观（详见第60页）。

【创作背景】

这首词为作者绍圣四年（1097年）因坐党籍连遭贬谪后于郴州旅馆所写。祐六年（1091年）七月，苏轼受到贾易的弹劾，秦观得知自己亦附带被劾，便立刻去找有关官员疏通。秦观的失态使得苏轼兄弟的政治操行遭到政敌的攻讦，而苏轼与秦观的关系也因此发生了微妙的变化。有人认为，这首词的下阕，很可能是秦观在流放岁月中，通过同为苏门友人的黄庭坚，向苏轼所作的曲折表白。

【诗词释义】

大雾中已经看不见楼台，月色朦胧，渡口也迷失不见。到处寻找也找不到理想中的桃花源。怎能忍受得了寒冷的春天独居在孤寂的客馆，斜阳西下，杜鹃声声哀鸣！

收到了来自远方友人的温暖关心和嘱咐，堆积成了数不尽的离愁别恨。郴江啊，你本来是绕着郴山流的，为什么要流到潇湘去呢？

【气象景观】

"雾失楼台，月迷津渡"中互文见义，不仅对句工整，也不只是状写景物，而是情景交融的佳句。"失""迷"二字，准确地勾勒出月下雾中楼台、津渡的模糊。

雾是视程障碍现象的一种。在水汽充足、微风及大气层稳定的情况下，接近地面的空气冷却时，空气中的水汽凝结成微小的水滴悬浮于空中，使地面水平能见度小于1.0千米。雾分为五个等级：1.0千米≤能见度<10.0千米为轻雾；0.5千

米≤能见度<1.0千米为大雾；0.2千米≤能见度<0.5千米为浓雾；0.05千米≤能见度<0.2千米为强浓雾；能见度<0.05千米为特强浓雾。雾的种类有辐射雾、平流雾、混合雾、蒸发雾等。

花非花

花非花，雾非雾。夜半来，天明去。
来如春梦几多时？去似朝云无觅处。

【作者简介】

白居易（详见第6页）。

【创作背景】

这首诗表现出作者的一种对于生活中存在过、而又消逝了的美好的人与物的追念、惋惜之情。

【诗词释义】

说它是花不是花，说它是雾也不是雾。半夜时分到来，天亮时又离去。来时仿佛短暂而美好的春梦？离去时又像清晨的云彩无处寻觅。

【气象景观】

"夜半来，天明去"描述的正是辐射雾的特点。辐射雾是指由于地表辐射冷却作用使近地面气层水汽凝结而形成的雾，并不是指这种雾具有辐射性。辐射雾主要出现在晴朗、微风、近地面、水汽比较充沛的夜间或早晨。随着太阳的升高，地面气温上升，辐射雾也会渐渐蒸发消散。

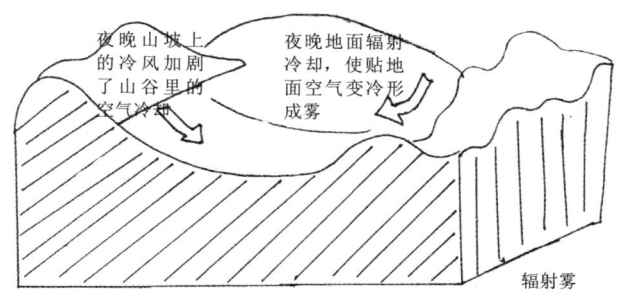

登黄鹤楼

昔人已乘黄鹤去，此地空余黄鹤楼。
黄鹤一去不复返，白云千载空悠悠。
晴川历历汉阳树，芳草萋萋鹦鹉洲。
日暮乡关何处是？烟波江上使人愁。

【作者简介】

崔颢（约704～754年），汴州（今河南省开封市）人，唐代诗人。《旧唐书·文苑传》把他和王昌龄、高适、孟浩然并提，但他宦海浮沉，终不得志。崔颢才思敏捷，长于写诗，他的足迹遍及江南塞北，诗歌内容广阔，风格多样。现存诗仅四十几首，最为人们津津乐道的是他这首《登黄鹤楼》。据说李白为之搁笔，曾有"眼前有景道不得，崔颢题诗在上头"的赞叹。宋代诗评家严羽《沧浪诗话》对这首诗评价极高："唐人七言律诗，当以崔颢《登黄鹤楼》为第一。"

【创作背景】

诗人崔颢游宦到了湖北武昌，登临古迹黄鹤楼，泛览眼前景物，即景生情，作下此诗。

【诗词释义】

过去的仙人已经驾着黄鹤飞走了，这里只留下一座空荡荡的黄鹤楼。黄鹤一走就再也没有回来，千百年来只看见飘悠的白云。阳光照耀下的汉阳树木清晰可见，鹦鹉洲上芳草茂盛。天色已晚，不知道故乡在哪里？雾霭笼罩的江面更加让人烦愁。

【气象景观】

烟波是指烟雾笼罩的江湖水面。这里的雾是蒸发雾，即冷空气流经温暖水面，如果气温与水温相差很大，则因水面蒸发大量水汽，在水面附近的冷空气便与水蒸汽凝结成雾。这时雾层上往往有逆温层存在，否则对流活动会使雾消散，所以，蒸发雾范围小，强度弱，一般发生在下半年的水塘周围。

"北国风光,千里冰封,万里雪飘。"冰雪在我国北方,尤其是东北地区的冬季极为常见。在其他地区较高的山地中,也有雪景出现。雪是纯洁的象征,雪景常把人间装扮成一个纯真无私的世界。

对 雪

六出飞花入户时,坐看青竹变琼枝。
如今好上高楼望,盖尽人间恶路歧。

【作者简介】

高骈(详见第17页)。

【创作背景】

这首诗道出了诗人胸中的感慨与不平,他希望白雪能消除人世间一切罪恶,使艰难险阻都变成光洁的坦途。

【诗词释义】

如六瓣花一样的雪花飘舞着飞入窗户时,我正坐在窗前,看着青青的竹子变成似白玉雕成的树枝。如果此时登上高楼远望,那人世间一切险恶的岔路都已被这大雪覆盖。

【气象景观】

雪花是一种美丽的结晶体,像花,所以叫雪花。雪花是由小冰晶增大变来的。雪花多是六角形的,因而又名未央花和六出,所以古人有"草木之花多五出,独雪花六出"的说法。

每一片雪花的形状没有一模一样的,雪花形状的多种多样,与它形成时的水汽条件有密切的关系。单个雪花的直径大小通常在0.05~4.6毫米。雪花很轻,单个重量只有0.2~0.5克。它们在飘落的过程中成团攀联在一起,就会形成更大的雪片。

绝 句

两个黄鹂鸣翠柳,一行白鹭上青天。
窗含西岭千秋雪,门泊东吴万里船。

【作者简介】

杜甫（详见第88页）。

【创作背景】

杜甫晚年住在成都西郊浣花溪旁的草堂。在一个风和日暖的天气里，他闲坐在草堂里，透过窗户欣赏外界的景物。面对一派生机勃勃的景象，写下这一首即景小诗，寄托着诗人的生活情趣和对祖国山河的无限深情。

【诗词释义】

两只黄鹂在翠绿的柳树上婉转地歌唱，一队整齐的白鹭直冲向蔚蓝的天空。通过窗户可以看见西岭上堆积着终年不化的积雪，门前停泊着自万里外的东吴远行而来的船只。

【气象景观】

"窗含西岭千秋雪"是诗人凭窗远眺，因早春空气清新，晴天丽日，所以，能看见西岭雪山。西岭雪山，位于四川省成都市大邑县境内，距成都仅95千米，总面积375平方千米，属世界自然遗产、大熊猫栖息地、AAAA级旅游景区、国家重点风景名胜区，景区内有终年积雪的大雪山，海拔5353米，为成都市第一峰。

按积雪持续时间的长短，分为终年不消的永久积雪和冬季形成、夏季消失的季节积雪。季节积雪又分为稳定积雪（持续时间在2个月以上）和不稳定积雪（持续时间不足2个月）。

夜 雪

已讶衾枕冷,复见窗户明。

夜深知雪重,时闻折竹声。

【作者简介】

白居易(详见第6页)。

【创作背景】

这首诗作于公元唐宪宗元和十一年(816年)冬。白居易当时45岁,任职江州司马,因上书论宰相遇刺事被贬江州,在寒冷寂静的深夜中作者孤寂之情愈发浓烈,看着窗外的积雪有感而发,写下了这首诗。

【诗词释义】

夜里躺在如冰一样的枕被上,突然让我很惊讶,又看见窗户被照亮了。夜深的时候就知道雪下得很大,因为不时地能听到雪把竹枝压折的声音。

【气象景观】

"复见窗户明",从视觉的角度写夜雪。夜深却见窗明,正说明雪下得大、积得深,是积雪的强烈反光给暗夜带来了亮光。

雪面对太阳辐射的反射率很大,新雪可反射太阳短波辐射的85%~95%。在高山冰川积雪地区活动的登山运动员和科学考察队员,稍不注意,忘记了戴墨镜,就会被积雪的反光刺痛眼睛,甚至导致暂时失明,医学上把这种现象叫做"雪盲症"。

江 雪

千山鸟飞绝,万径人踪灭。

孤舟蓑笠翁,独钓寒江雪。

【作者简介】

柳宗元(详见第113页)。

【创作背景】

唐顺宗永贞元年,柳宗元参加了王叔文为首的政治革新运动,但最后以失败告终,柳宗元也因此被贬官到有"南荒"之称的永州。他精神上受到很大刺激和压抑,这首诗借歌咏隐居在山水之间的渔翁,来寄托自己清高孤傲的情感,抒发自己在政治上失意的郁闷苦恼。

【诗词释义】

所有的山上没有一只飞鸟,所有的路上不见一个人的踪迹。江上的一叶孤舟上有一位渔翁披蓑戴笠,在这寒冷的江面上独自垂钓。

【气象景观】

在这首诗里,笼罩一切、包罗一切的东西是雪,山上是雪,路上也是雪,而且"千山""万径"都是雪,连江里都仿佛下满了雪,连不存雪的地方都充满了雪,这就把雪下得又大又密、又浓又厚的情形完全写出来了,把水天不分、上下苍茫一片的气氛也完全烘托出来了。由于降落到地面上的雪花的大小、形状，以及积雪的疏密程度不同，降雪量是以雪融化后的水来度量的。降雪量等级划分为七个等级：零星小雪（<0.1毫米/天）、小雪（0.1~2.4毫米/天）、中雪（2.5~4.9毫米/天）、大雪（5.0~9.9毫米/天）、暴雪（10.0~19.9毫米/天）、大暴雪（20.0~29.9毫米/天）、特大暴雪（≥30.0毫米/天）。